W0348045

ıns' Helfenc

Stürenburg-
und andere
Geschichten

VON

ARNO SCHMIDT

EINE EDITION DER
ARNO SCHMIDT STIFTUNG
IM HAFFMANS VERLAG

Herausgegeben von
Bernd Rauschenbach.

Umschlagzeichnung mit Theodolith
von F.W.Bernstein.

1.–6. Tausend, Frühling 1990

Alle Rechte vorbehalten
Copyright © 1989 by
Arno Schmidt Stiftung Bargfeld
Gestaltung und Produktion;
Urs Jakob, Haffmans Verlag AG, Zürich
Gesamtherstellung: Benziger, Einsiedeln
ISBN 3 251 00158 2

Inhalt

EIN LEBEN IM VORAUS.

Natürlich nahmen wir nur eine Ecke der Terrasse ein. Apotheker Dettmer saß ängstlich=selig auf der Vorderkante seines Korbsessels, und blies in die fürchterlich dicke Brasil; der Mond stieg eben am Faden seines Rauches aus den Büschen, und ich konnte zwanglos die beiden runden gutmütigen Gesichter vergleichen. Der pensionierte Hauptmann – wo hatte ich den Namen »von Dieskau« denn schon in der Geschichte gehört ? – füllte noch geschwind zwei Slibowitze in sein dürres Skeptikergesicht. Frau Dr. Waring rief vorsichtshalber ihrer Nichte zu : »Emmeline, hol mir doch ein paar Voilchen.« (denn bei Stürenburgs Geschichten wußte man ja nie ! Die Kleine verzog sich auch; ich sah ihren Dutt jedoch mehrfach hinter einem neugierig=nahen Fliederbusch.)

Vermessungsrat a.D. Stürenburg strich, nachdem er wohlwollend alle diese bekannten Manöver seines abendlichen Kreises abgewartet hatte, mit einer schlangenmenschhaft geschickten Bewegung des Kleinfingers die Asche von der Zigarre, musterte noch einmal den Rundhorizont (wahrscheinlich um zu überprüfen, ob auch noch alle TPs an ihren vorgeschriebenen Plätzen wären), und seufzte das einleitende behagliche »Tjaaa«. Der Hauptmann sah hoch mißtrauisch aus; Dettmer stieß begeistert in die Brasiltrompete; und er begann:

»Na, ich war damals noch ein ganz junger Mensch – ä – kaum das Staatsexamen gemacht – da rief man uns zu einem Vermessungslehrgang nach der Wingst zusammen.« (Hannoversche Geographie mußte man kennen, sonst war man hier verloren!). »Wir maßen unter anderem zweimal die Braaker Basis mit dem Besselschen Apparat nach. Und hatten überhaupt viel Spaß.« (Ich nickte so voreilig, um die Historie zu beschleunigen, daß er mich überlegen fragte; aber ich wußte zufällig die ehrwürdigen Namen Schuhmacher und Andreae, und er knurrte befriedigt=enttäuscht).

»Da war unter uns Einer, nicht anmutig, noch weniger elegant. Eigentlich nicht nach meiner Weise; aber seines unerschütterlichen

Phlegmas wegen von Allen geachtet : ihn wegen seiner poetischen Ader zu tadeln, wäre wohl keinem von uns in den Sinn gekommen. Merkwürdig war es an ihm, daß er zweimal eigentümlicher Todesgefahr entgangen war : einem schweren Fieber. Und vor einigen Tagen wäre er fast in den Ostemooren versunken, hätten ihn nicht zwei andere Lehrgangsteilnehmer gerettet.« (Hier knurrte der Hauptmann verächtlich und meckerte, ganz soldatische Überheblichkeit).

»Eigen war es nur, daß er sich abends meistens aus unseren Belustigungen losriß – wir spielten viel Schach; oder machten uns den Spaß, die Krümmungsradien der Marsoberfläche zu berechnen – unaufhaltsam eilig, und immer versicherte, er müsse ‹Briefe schreiben› : dabei wußten wir genau, daß er kaum jemals welche erhielt ! Nun, also man lachte, und ließ die Grille gut sein; auch schien er sie zu ernsthaft zu nehmen, als daß man Scherz damit hätte treiben mögen.«

Ein Windstoß wehte von der weiten Fläche des Sees her, und pustete einen Knecht herein, der stammelnd berichtete, die Oberfläche stände 37/3. »37/3?« wiederholte Stürenburg giftig: »Also die Kerls können doch nie das gleiche Niveau für 8 Tage beibehalten! Ä – s' gut, Hagemann.«

»Also eines Abends würfelten wir – nicht um Geld, Herr Hauptmann: neinein! – lediglich um praktisch die Theoreme der Wahrscheinlichkeitsrechung nachzuprüfen. Da kam er herein, und wurde ganz ungehalten, als wir immer durcheinander würfelten und schwatzten: kein vernünftiges Wort könne vor dem Geklapper aufkommen, o Gott, behauptete er, und ging halb verdrießlich von hinnen. Ich fühlte mich – aus irgend einem Grunde – seltsam bewegt; ging ihm nach, und fand ihn noch im Treppenhaus. Ich streckte ihm die Hand von oben nach unten hin, und fragte ‹Nicht wahr, Broesicke, wir scheiden doch nicht im Unwillen?› Er drückte sie mir kurz und sagte – er war der Ältere – gutmütig: ‹Neinnein, Geodätchen; wir haben einander beide lieb: Wiedersehn!›«

»Am nächsten Tage bekamen wir die Aufgabe, alle weit zerstreut in der Nachbarschaft, Gemeindegrenzen nachzumessen. Er kam ans äußerste Ende, weit hinter Lamstedt, und wurde von einem Bauern, der anscheinend mit Grenzsteinen gespielt hatte, mit einem Knüttel erschlagen.« (Der Apotheker gab seinem Kreisgesicht einen gerührten Ausdruck, und faltete fromm die dicken Hände : Ach !).

»Da lag er nun vor uns, mit eingeschlagener Schläfe. Seine Papiere wurden von uns gemeinsam durchgesehen; und da fand sich auch, was er in jener rätselhaften Korrespondenz aufgezeichnet hatte : Briefe an seine zwei liebsten Freunde im Lehrgang. Aber auf viele viele Jahre voraus, die er niemals schauen sollte. Dic Freunde und er selbst waren längst pensioniert; und lebten auf ländlichen Besitztümern, glücklich verehelicht, und von bereits erwachsenen Kindern umblüht. Sie luden einander ein zu fröhlichen Besuchen, des Lehrgangs gedenkend, als einer mühevollen, aber nun heiter aufleuchtenden Vergangenheit – wie glücklich, wer das alles in Wirklichkeit erlebt hätte ! – Tja. Die Poesie ist doch wohl, – wie die Geodäsie – ein allgegenwärtiges Wesen !«

»Ja, und was wurde aus dem Bauern ? !« schnarrte der Hauptmann unzufrieden. »Der

Bauer –« murmelte Stürenburg. Pause. Vom Dümmer her seufzte ein schmächtiger Wind. Die Zigarren glühten verfänglich. Bald würde es Sommer sein.

»Der Bauer ? : Nein, zum Tode nicht. Damals mußten die Richter noch der Hinrichtung persönlich beiwohnen, und scheuten deshalb arg davor zurück. Er hat Zuchthaus, lebenslänglich, bekommen. – So viel ich weiß –« er breitete entschuldigend die Hände, »sitzt er heute noch. – Tjaaa.«

Emmeline kam, genau nach beendigter Geschichte; und wir empfahlen uns für heute.

DAS HEULENDE HAUS.

Der Wind pfiff lauter; zuweilen schraffierte Regen blitzschnell die großen Glastüren des Eckraumes, wohin wir uns heute geflüchtet hatten; und wir alle betrachteten nicht ohne Vergnügen die Glut, die Hagemann mit einem mächtigen Blasebalg hinten im Kamin heller anfachte.

»Das ist recht, Herr Rat« sagte Frau Dr. Waring befriedigt; und dann seufzend: »das will nun ein Mai sein! – Ich glaube, die Erde muß sich gedreht haben.« Der Hausherr, Vermessungsrat a. D. Stürenburg, hob leicht befremdet die Hand: »Ja aber meine Gnädigste: die Erde dreht sich doch beständig!« »Ach, Sie wissen doch genau, wie ichs meine« schmollte die hagere Witwe über die Teetasse hinweg; und Apotheker Dettmer half dienstfertig: »Polschwankungen, nicht wahr, Gnädige Frau?«. Sie nickte nur, den Mund augenblicklich zu voll des süßen Sudes; Hauptmann von Dieskau sah hoch ungläubig drein; aber Stürenburg lehnte auch diesen Erklärungsversuch des schlechten Wetters ab : »Freilich pendeln die Erdpole ständig – das hat mein alter Lehrer Küstner damals zuerst nachgewiesen; und zwar in einer Art von Kreisen oder Ellipsen um den idealen Mittelpunkt. Aber diese sehr langsamen Schwankungen betragen nie mehr als rund 20 Meter nach allen Seiten. Außerdem werden die Bewegungen von bestimmten, zu beiden Seiten der Pole gelegenen Stationspaaren aus laufend kontrolliert : man muß ja jederzeit angeben können, wie sich die geographische Breite eines Ortes verändert. 20 Meter? Das sind immerhin die gute Hälfte einer mittleren Bogensekunde, und darf also nicht vernachlässigt werden.« »Merk Dir das, Emmeline« sagte Frau Doktor scharf zur Nichte, die ihr gar zu versunken das lohende Holz beträumte.

Die gläsernen Ungeheuer des Windes berannten mächtiger das Haus. »Die armen Seeleute« fiel der Witwe ein; »Die armen Soldaten« knurrte der Hauptmann; der Apotheker öffnete den Mund, schloß ihn aber verlegen wieder : ihm fiel nichts ein, um auch seinen

Beruf herauszustreichen, »die armen Kräutersammler« hätte ja kaum Mitleid erregt ! Stürenburg beobachtete ironisch den Wettstreit; dann entschied er : »Die armen Landmesser ! Bei solchem Wetter jahraus jahrein auf den Straßen; abends womöglich in schlechten Unterkünften –« er winkte bedeutend ab, legte die linke Hand in die rechte Achselhöhle, hielt die Zigarre beschaulicher, und begann :

»Als ich, lange vor dem ersten Weltkriege noch, meine praktischen Jahre als Topograph abmachte, bekamen wir, wenn wir auswärts arbeiteten, an Tagesgeldern die enorme Summe von 5 Mark. Die Herrlein heute erhalten natürlich 30,–, und besitzen jeder ein Auto. Wir hatten Fahrräder, und mußten uns – wir waren ja sämtlich nicht vermögend ! – soviel Bücher und eigene Instrumente anschaffen, daß wir, um die besagten 5 Mark beiseitelegen zu können, auf die tollsten Ideen verfielen. Ich war damals Rotenburg zugewiesen; bekam als ausgesprochener ‹Junger Mann› natürlich den entlegensten Bezirk, unten bei Visselhövede; und bedachte eben traurig, daß ich nun doch wohl mein Geld würde ins Wirtshaus tragen müssen, als mich der Kollege, den ich ablöste, beiseite nahm. Wir fuhren mit dem Rade eine halbe Stunde weit, auf immer dunkler & schmaler werdenden Seitenwegen, und hielten endlich, kurz vor Stellichte, bei einem einsamen, halb verfallenen Hause an. Er winkte mich gar noch seitwärts in den dicken Wald, um sich dem Gebäude unauffälliger von hinten nähern zu können. In einem Tannicht stellten wir die Räder ab; schlossen sie an; schnallten die Theodoliten vom Gepäckträger, und traten ein.«

Er atmete tiefer vom süßen Rauche, und sah sich verschlagen im Kreise um : »Wir sind ja alles Leute mit starken Nerven ? –« schlug er vor. Der Hauptmann ließ nur verächtlich sein EK Erster funkeln; Dettmer nickte, etwas zu eifrig; während die Damen bange und wortreich ihre Tapferkeit bestätigten.

»Selbst ich trat zunächst zurück« brummte Stürenburg »denn auf den verdächtig leeren Dielenbrettern lag – ein Totenschädel !« Da niemand Einwände erhob, fuhr er sogleich fort : »Mein Kollege bemerkte nur ‹Aha› oder dergleichen Unverbindliches und : ‹Da ist schon Jemand da›. Über nur noch halb erhaltene und sich unangenehm durchbiegende Treppenstufen ging es bis unters Dach. Er klopfte diskret an eine Tür; lange – ich konnte damals noch nicht morsen, und verstand es nicht. Darauf rief es leise ‹Herein›. Und in der lichtdicht verhangenen Bodenkammer saßen auf niedlichen Hockern zwei Männer : ein Landmesser, von der Konkurrenz Fallingbostel; und ein Herr in Lincolngrün, ein Forsteleve, wie wir uns vorstellten. Sie hatten zwischen sich ein Schachbrett und eine Flasche billigen Weines; den Wänden entlang waren schon zwei Deckenlager ausgerollt. Man vereidigte auch mich kurz, unser Gespensterhaus niemals zu verraten; und ich besiegte dann erst einmal die beiden Schachspieler, einen nach dem anderen. Später auch simultan.« Er blies die Backen wohlgefällig auf : »Da habe ich dann noch manchesmal billig übernachtet. Oft in Gesellschaft von Förstern, Vermessern und Landgendarmen. Der erste, der ankam, mußte immer die diversen Gebeine und Totenköpfe ‹legen› – zum Beispiel baumelte auch einer auf der Treppe, und hätte unwissenden Eindringlingen einen gräßlichen Kuß versetzt.«

Der Regen morste flinker; der Wind johlte unermüdlich; die Tante markierte ein Gähnen, obgleich sie sichtlich noch an dem beinernen Kuß zu verdauen hatte. Der Apotheker richtete sich männlicher auf: »Wieso Gespensterhaus: gibts denn so was heute noch?« Stürenburg sah ihn über die Brille hinweg an, während er langsam antwortete:

»Das ‹Heulende Haus› war so verrufen in der Gegend, daß der Bauer die Pferde rascher vorbeitrieb, und bei Dämmerung oder gar Nacht sich ihm Niemand genaht hätte. Alte Leute im Dorf unten pflegten zu erzählen, daß sogar die benachbarten Bäume zuweilen schreckliche Stimmen bekämen; und ein 95jähriger schwor Stein und Bein: er selbst hätte als Kind die klagenden Schreie mehrere Tage hintereinander gehört. Einmal hatte ein aufgeklärter Ortsvorsteher das Gebäude abbrechen lassen wollen: da hatten selbst die Balken ein so zorniges Gestöhn von sich gegeben, daß die Zimmerleute entsetzt die Äxte liegen ließen. Tja.« Er rauchte geduldig während wir unsere Entrüstung über derlei Aberglauben kundgaben; als wir uns endlich ausreichend als Kulturmenschen gefühlt hatten, strich er sorgfältig die lange Aschenspitze in die Achatschale:

»Ich war zufällig in der Nähe, als der zuständige Förster – auch einer der Eingeweihten – Holz dort schlagen ließ. Besonders war es mir um eine Prachteiche leid; aber er wies unwiderleglich nach, daß der Baum vollständig kernfaul und längst schlagreif sei. Als er schon auf der Erde lag, und die Arbeiter ihn spalteten, rief mich auf einmal sein Schrei zurück: mitten in dem mächtigen Stamm stak, den Kopf nach oben, ein menschliches Skelett!« Er strich unwillig unsere beteuernden und entsetzten Hände beiseite. »Man fand noch Fetzen uralten französischen Uniformtuches, und, halb versteckt im Holzmoder, ein paar kleinere Münzen.« Grimmig: »Vielleicht ein Marodeur, der von wütenden Bauern verfolgt wurde, sich auf den Baum flüchtete, und in ihm versank. Er muß sich durch den Sturz so fest eingekeilt haben, daß ihm die Arme an den Körper gepreßt wurden, und keine Möglichkeit zum Entkommen mehr war: kein Wunder, daß der Baum tagelang heulte und schrie, und Niemand mehr in dem ‹Heulenden Haus› wohnen mochte.«

An diesem Abend wurde es nötig, Frau Doktor nach Hause zu begleiten.

SOMMERMETEOR.

Schon von weitem hörte ich, wie das Klavier unter Emmelines Pfötchen nervös brüsselte; dicke Blasen stiegen auf; im Baß blubbte es manchmal suppen (und mir war wieder, als stände ich als Junge vor meinem Aquarium : da hatten sich die Luftfontänen auch immer so hochgewriggelt. Gleich wedelte Wind mit dem heißen Schleierschwanz, alle Büsche fächelten sich voll algengrüner Gebärden. Schon sah ich Hagemann, der mit vergrätztem Gesicht die hellen Gläser servierte – scheinbar ‹Lacour Blanc›, den weißen Bordeaux : umso besser !).

Zur Begrüßung hielt mir Vermessungsrat a.D. Stürenburg die mächtige zweischalige Taschenuhr (in Bergmannskapsel) vors Gesicht : ? ! Ich versuchte, mich mit allerlei Besuchen zu entschuldigen : des Verlegers, der Muse, (»Gerichtsvollzieher!« schnarrte Hauptmann von Dieskau höhnisch dazwischen); es gelang mir jedoch, so schuldbewußt und geknickt Platz zu nehmen, daß Verzeihung unumgänglich schien. Apotheker Dettmer – das Bärtchen an seinem zartrunden Gesicht sah mehr denn je wie Nylon aus – erklärte mich sogar für ‹überarbeitet› und ‹hohlwangig›, und wagte empfehlend auf die von ihm erfundene Universalmedizin ‹Virgisan› anzuspielen : ? Aber so höhnisch schnarrte es rings, daß er sofort flehend die Hände faltete, und sich in die stroherne Muschel seiner apart=unbequemen Sitzgelegenheit zurückzog.

Emmeline maulwurfte erst in der Mitte des Benedetto Marcello; ich zehenspitzte behutsam hinein (angeblich, ihr die Noten umzuwenden; in Wahrheit, um mir die Zeit zu vertreiben : ich bin ausgesprochen unmusikalisch, ich hatte wohl schon gesagt, daß mir dabei höchstens Fische einfallen, oder so was).

Vorm Bücherregal. Ich griff eins heraus, dessen Farbe mir leidlich ins Gesicht fiel; dunkelgrüner Lederrücken mit hellgrünem Schildchen : ‹J. A. E. Schmidt, Handwörterbuch der Französischen Sprache. 1855›. Ich schlug aufs geratewohl auf, Seite 33 : ‹Auget=Leitrinne, in welcher die Zündwurst liegt› – ich kniff mich in den Oberschenkel, um mich meiner Existenz zu vergewissern : Zündwurst ? ? ! ! (und dieses ‹auget› würde ich nun nie mehr in meinem Leben vergessen; ein gußeisernes Gedächtnis ist eine Strafe !). –

Wieder draußen (und Stille; kein Klavier trappelte mehr). Wohlfrisierte Sommerwolken wehten über uns hin. Über dem fernen See funkelte's abendlich; noch war Sommer, Sommer (und doch fröstelte mich schon wieder, wenn ich an die Totentänze der Chausseebäume dachte : im November, im November). Den Kuchen hatte diesmal Frau verw. Dr. Waring gestiftet; hausmachern; höchstens geologisch interessant (ich flüsterte es zu Hauptmann von Dieskau, und er prustete militärisch : sehr gut !).

»Ach : Daaa ! !« Emmeline zeigte mit dem Kuchenkeil auf den Meteor, der, sinkend, im Dunkelblau eine schöne Spur hinterließ : ! Ich erlaubte mir, »Perseïden« zu murmeln; und Stürenburg unterstützte mich mitleidig. »Gewiß« sagte er, »von Mitte Juli bis Mitte August; Maximum am 11. – Andere verläßliche Schwärme sind die Orioniden (20. Oktober) und die Geminiden (10. Dezember). Tja.«

Pause. Dann wollte Keiner dahinten bleiben; Dieskau hatte natürlich am 13. Februar 1913 ganze Prozessionen von Meteoren in Canada gesehen; ich selbst hatte, ungefähr 32, zwischen Görlitz und Lauban eine Feuerkugel beobachtet (fuhr gerade mit dem Rade entlang, als ganz junger Mensch; so um die 20). Aber Stürenburg bremste uns Alle – durch Nicken, durch Handgaukelei : man kam gegen den Mann nicht auf ! (Ist *das* vielleicht ein Vorzug des Alters, Life begins at 70, daß man alles verläßlich besser weiß ?).

»Dextrocardie« sagte er langsam; und zur Erläuterung : »Es gibt Leute, bei denen das Herz *rechts* sitzt : tatsächlich !«. Er blies in seine Zigarre, daß sie Funken sprühte, wie ein Meteor; und fuhr fort : »Ich studierte damals in Göttingen; und ein Freund hatte mich mit philosophischen Gründen überredet – ich hörte auch ein Semester Anatomie. Nun wohnte damals in der Weenderstraße ein armer Studiosus Medicinae zur kümmerlichen Miete, nebst seiner sechzigjährigen Mutter und einer Schwester. Er gab rastlos Nachhilfestunden; die Schwester klöppelte Spitzen ums liebe

Brot; und als die Mutter starb, standen sie vor der Wahl, entweder für die Begräbniskosten gepfändet zu werden...« (hier spitzte Dieskau verständnisinnig Hände und Ohren : »Oder ?«). »Tja, oder« entgegnete Stürenburg : »Diese Mutter nämlich hatte, wie ich schon andeutete, das ‹Herz am rechten Fleck›. Und war also ein medizinisches Mirakel, nach dem sich jeder Anatom sämtliche zehn Finger geleckt haben würde. Unser junger Mann geht also in seiner Verzweiflung zum Professor, und offeriert ihm die einmalige Rarität zum Anatomieren – der schlägt begeistert ein : für 500 Mark.«

»Emmeline !« rief hier Frau Dr. Waring, die mit steigender Besorgnis gelauscht hatte : »Mein Kind : Hol' mir doch bitte den Sonnenschirm vom Seeufer !« Die Kleine gehorchte schmollend (und ich schwankte einen Augenblick, ob ich sie nicht begleiten sollte ? – Aber nein : erst mußte diese neue Anekdote gültig fixiert werden !).

»In der letzten Nacht also, da er ganz allein die Totenwache bei der schon im Sarg liegenden Mutter hält, nimmt er den Leichnam heraus, wickelt ihn in eine alte Decke, und versteckt ihn auf den Hausboden, hinter den Schornstein. An dessen Stelle füllt er Stroh und Steine in den Sarg, und vernagelt ihn aufs festeste : der wird am folgenden Vormittag mit allen Ehren zur Erde bestattet. – Sobald es nun dunkelt, steckt er den mütterlichen Körper in einen alten Sack, um damit nach des Professors Haus zu wandeln. Unterwegs begegnet ihm ein Kommilitone, der ihn fragt, was er denn da auf dem Rücken schleppe ?« Stürenburg blinzelte mephistophelisch; fügte auch noch die näheren Bestimmungen hinzu : »Ein Augustabend. Wind schlich in Gassen. Überall in der Dämmerung begannen die Perseïden zu schwirren : genau wie heute ! – Der arme Schlucker macht sich ganz bestürzt von mir – äh : Jenem ! – los, und gibt zur Antwort : ‹Laßt mich nur zufrieden, Herr Bruder; es ist nichts, als eine alte Baßgeige›.«

Pause. Dieskau, der alte Skeptiker, röchelte befriedigt; Dettmer wartete weit offenen Mündchens; und Hagemann hockte gleich einem verwitterten Götzenbilde unbeweglich auf der Terrassenmauer – sicher kannte er die Pointe schon !

»Am nächsten Morgen schon wurde die weibliche Leiche anatomisiert; die Umkehrung des Adernsystems gebührend bewundert; bei Zerlegung der partium genitalium warf der Professor scherzend ein: dies sei der Gelehrten und Ungelehrten allererste Studierstube. Worauf mir aus der Antike einfiel, wie damals Kaiser Nero seine eigene Mutter habe zerlegen lassen, und begierig zugesehen – worauf der besagte Student plötzlich in Ohnmacht fiel. – Wir wußten damals Keiner, warum; aber es wurde doch allmählich ruchbar und stadtkundig. Hm.«

»Und?: Was wurde aus dem jungen Mann?« erkundigte sich Dieskau rasselnd (und gefühllos: Soldaten sind schreckliche Menschen!).

»Er beendigte sein Studium auf einer anderen Universität« erklärte Stürenburg mit überlegen hochgezogenen Brauen: »So viel ich weiß, praktiziert er noch heute als angesehener Arzt in Bremervörde. – Tja.«

Die Witwe stöhnte nur; Apotheker Dettmer schwieg unangenehm ergriffen; und auch mir war es nichts weniger als behaglich: ist es tatsächlich ein Vorteil, wenn man so viel erlebt hat?!

Über dem Dümmer entstand ein vorbildlicher Cumulus, für jedes Lehrbuch geeignet. Emmeline kam schnellatmig und seltsam erhitzt vom Strand zurück. Ein magerer Meteor zog eine Silberbraue über den Mond.

KLEINER KRIEG.

Wir waren nicht wenig erstaunt, als das Faktotum Hagemann mit allen Anzeichen der Verstörung hereintappte, die Tür verschloß, auf Vermessungsrat a.D. Stürenburg zutrabte und sich über dessen Ohr neigte; zwar verstanden wir sein grobes Geflüster im Landesdialekt nicht, verzeichneten aber alle, wie auch dessen Gesicht erbleichte. »Na, laß ihn rein« entschied Stürenburg schließlich.

Gleich darauf erschien ein junger hochgewachsener Polizist in fescher Uniform, legte die Hand zackig vor den Tschako, ließ den Blick einmal in unserem Halbkreise umlaufen, wandte sich dann an Apotheker Dettmer: »Herr Vermessungsrat, ja?«. »Nein – ähier bitte« sagte Stürenburg schwach; empfing das unangenehm amtlich=blaue Schreiben; und der Polizist, gefolgt von den wohlgefälligen Blicken Hauptmann von Dieskaus und Frau Dr. Warings, sowie dem bewundernden ihrer Nichte Emmeline, marschierte unbefangen wieder hinaus. Stürenburg schob den verdächtigen Umschlag bestürzt und angewidert weit von sich; auf eine Frage Hagemanns, der sich als alter Diener jede Freiheit nahm, ächzte er nur: »Jaja, von Polizeihauptmann Oberg«. »Schon wieder?« schrie Hagemann entgeistert: »Das nimmt diesen Monat ja wohl gar kein Ende, Herr Rat?! Na, da werden wir doch wohl wieder mal nach Hannover zu unseren Freunden fahren müssen.«; er schwang den Feuerhaken wie eine Waffe, und entfernte sich unter bösem Gemurmel.

Stille, nur von dem schweren Atmen Stürenburgs unterbrochen; endlich begann er:

»Damit Sie mich nicht etwa einer ungerechtfertigten Animosität für fähig halten, will ich Ihnen den Fall ganz unparteiisch schildern. Dieser ehemalige Polizeihauptmann Oberg – jetzt ist er, wie ich, auch schon 75 durch, und längst pensioniert – hat mir in meinem Leben wohl die meisten Unannehmlichkeiten gemacht. Wir haben zusammen das Gymnasium besucht; in Göttingen studiert – was heißt bei ihm schon studiert: in Jura und Volkswirtschaft hat er n bißchen rumgepfuscht! –; und ein paar Jahre danach trafen wir uns in Rotenburg wieder, ich als Landmesser, er bei der Polizei. Wir waren uns stets widerlich gewesen: der Lehrer der ihn mochte, drosch unweigerlich auf mich ein – nun, unser Mathematikprofessor war 2 Meter groß, und hat mich oft gerächt. Unsere Post wurde vom Briefträger leidenschaftlich gern verwechselt. Nur in einem waren wir einig: wir fanden grundsätzlich dasselbe Mädchen hübsch.« Er meckerte so diabolisch, daß die Witwe indigniert hochsah; Stürenburg entschuldigte sich, und erklärte: »Damit habe ich ihm auch einen Streich gespielt: wir bewarben uns um dieselbe Schöne, brachten Geschenke im gleichen Tempo; und eines Tages ließ ich ihm durch meinen besten Freund im Vertrauen beibringen, ich hätte mich mit ihr verlobt. Spornstreichs rannte er, mich zu ärgern, hin und brachte auch seinen Antrag an: der zu seiner unendlichen Verwirrung sogleich holdselig lächelnd angenommen wurde! Er hat sie dann heiraten müssen; denn der Vater war Regierungsrat, und hätte ihm, gerade zu Beginn seiner Laufbahn, nicht unerhebliche Schwierigkeiten machen können : hähähä ! «

Der Hauptmann feixte zufrieden ob solcher strategischen Finessen; der Apotheker erklärte feierlich, nie&nimmer Anteil an solch frevlem Spiel mit zarter weiblicher Neigung haben zu wollen; wofür er von Frau Dr. Waring ein huldvolles Nicken erhielt, sowie Nichte Emmeline die süßsäuerliche Warnung : »Hüte Dich, mein Kind, vor diesen Ungetümen. Du siehst ja . . . .« Stürenburg verbeugte sich verbindlich, und fuhr fort :

»Wie gesagt waren wir fast immer in derselben Gegend tätig; es gibt solche Fälle, wo das Schicksal förmlich Spaß daran zu haben scheint, divergente Naturen zu paaren. Als wir dann, jeder in unserer Sphäre, zu einiger ‹Macht› kamen, trieb der Zwist die wunderlichsten Blüten. Ließ ich Feinmessungen irgendwo in Straßennähe vornehmen, konnte ich sicher sein, daß schon wenige Viertelstunden später pausenlos schwerste LKWs vorüberrollten, so daß wir unsere empfindlichen Instrumente getrost wieder einpacken konnten : er hatte den ganzen Verkehr der

Gegend über diese eine Chaussee umleiten lassen!«

»Keiner meiner Vermesser konnte sich ohne ein ganzes Arsenal von Ausweisen mehr ins Freie wagen. Er ließ jeden an seinen Wagen heranrufen, und hielt ihn mit schikanösen Kontrollen von der Arbeit ab; wenn er gar keinen Fehler in den Papieren finden konnte, sagte er am Schluß wenigstens : ‹S läuft halt zu viel Gesindel im Lande herum !› Einmal hat er mir einen Mann, der auf mein Geheiß Pendelbeobachtungen zum Nachweis eines äußerst interessanten Gravitationsdefektes durchführen, als ‹betrügerischen Rutengänger› vom Felde weg verhaften lassen ! Eingaben machte er, daß wir, wie alle ‹redlichen Beamten›, Uniform tragen sollten; daß wir mit unseren ‹ewigen herausfordernden Messungen› die Landbevölkerung beunruhigten, das Vieh verstörten, usw. usw. Unsere beiderseitigen Untergebenen nahmen natürlich leidenschaftlich an der Auseinandersetzung teil; und wir wußten uns zu revanchieren ! Als der Kreis die neue Straße baute, wiesen wir in unserem Gutachten nach, daß sie durch seinen geliebten

Garten gelegt werden müsse. In einer Fachzeitschrift für Montanwesen deuteten wir an, daß sich unter seiner Villa vermutlich ein ausgedehntes Salzlager befinde; er wurde ein volles halbes Jahr lang täglich von Grundstücksmaklern, ernsthaften Interessenten, Schwindlern aller Art, überlaufen, und fast zum Wahnsinn getrieben.«

Er atmete zufrieden. »Eine Tochter hatte er; sein Liebling; und wirklich für einen Gendarmenhäuptling hübsch genug. Eines Tages erschien programmgemäß der übliche junge Mann, ein Dr. ing.; warb um sie; erhielt ihre Hand : wie schäumte der Herr Papa nach der Hochzeit auf, als er erfuhr, daß sein Schwiegersohn Vermessungsingenieur war. Und der Neffe vom alten Stürenburg dazu !« Er rieb sich intensiv die breiten weichen Hände : »Ich hatte dem Jungen eine nicht unerhebliche Bargeldsumme versprochen, wenn er das Ding drehen könnte – obwohl er, wie ich fürchte, schwach genug war, auch wirkliche Zuneigung für das bedauernswerte Geschöpf zu empfinden.«

Wir hatten amüsiert zugehört, und unsere Blicke richteten sich unwillkürlich auf das wasserblaue Kuvert inmitten des runden Tischchens. Sein großes Gesicht verdüsterte sich, und er griff unwirsch danach; aber schon während des Lesens verklärten sich seine Züge : »Die Einladung zur Taufe« verkündete er; und triumphierender : »Ein Junge. Er heißt Friedrich : nach mir ! – Noch heute lasse ich ein Sparkassenbuch für ihn ausschreiben. – Und sowas läßt mir der Alte durch einen Polizisten zustellen; nur um mich zu erschrekken !«

Wir teilten gefällig seine Entrüstung; umsomehr als er uns später angegriffen mitteilte, der andere Vorname des neuen Kleinen sei, nach dem zweiten Großvater, Karl gewesen : er habe seinen Trinkspruch auf Friedrich ausgebracht; Oberg auf Karls Gesundheit; die Eltern hätten vermittelnd von Friedrichkarl gesprochen : »Ganz zwiespältig schaute das arme Wurm jetzt schon aus den Steckkissen« behauptete er.

DIE WASSERLILIE.

Da wir heute ein paar (Zeit=)Minuten zu früh gekommen waren, fanden wir Vermessungsrat a. D. Stürenburg noch mit seinem Theodoliten beschäftigt – das kostbare Instrument war, wie er uns abwehrend von weitem erklärte, auf einem isolierten, 5 Meter tief hinabreichenden Steinpfeiler aufgestellt, und berührte den Zementrand, auf dem er, der Beobachter, sich bewegte, an keiner Stelle. Noch einmal lugte er, kritisch hängenden Mundes, durch ein Ablesemikroskop, auf einen Glaskreis; murmelte: »10 (Bogen=)Minuten. 24 Komma 3 Sekunden.« (»24 Komma 3« wiederholte Apotheker Dettmer ehrerbietig.) Hagemann, das Faktotum, hob, kunstvoll ächzend, immer mehr Schutzkappen über das breitbeinige Gerät; und wir folgten Stürenburg zu unserer Plauderecke auf der Terrasse, wo eben auch Hauptmann von Dieskau zwischen den beiden Damen sichtbar wurde, »1 Rose zwischen 2 Dornen«, wie Dettmer verschämt=witzig anmerkte.

»Wenn man die genaue Höhe seines Instrumentes kennt – –« schon hob der Hauptmann nörgelig 5 rechte Finger dazwischen, à la Was heißt hier Höhe ? : »Die Standfläche ?«. Stürenburg erklärte, (mit Nachsicht, weil es sich um einen Infanteristen handelte), daß selbstverständlich die Kippachse des Zielfernrohres darunter verstanden werden müsse; und Jener meckerte unlustig, und blies einen Rauchkegel von sich, lang wie das Bein einer Siebzehnjährigen, (‹ein Bein aus Sonnenstäubchen›, geisterhafte Vorstellung; neben mir der Apotheker schnüffelte, und flüsterte dann ABAJO VUELTA – er hatte in seiner Jugend Spanisch gelernt und konnte das nie vergessen). Aber schon fing Stürenburg grämlich an

: »Na, wir sind ja einigermaßen unter Uns --; das ist nun auch schon wieder rund 20 Jahre her; -- ich bin ja bekanntlich vorzeitig in den Ruhestand versetzt worden, weil ich es damals mit den Nazi=Machthabern verdorben hatte : das muß ich Ihnen auch noch mal erzählen.«

»Ich stehe also eines Abends genau wie heut=vorhin am Instrument und winkle ein bißchen. Und sehe plötzlich drüben, am Strande bei

Hude, ein Pärchen ankommen. Nun habe ich eine besonders gute optische Ausrüstung, und sah die Beiden so, wie sie in ungefähr 70, 80 Metern Entfernung wären. Sie trägt'n grellroten Pullover, und scheint so dünn wie'n Strich; Er hat'n kleinen Koffer in der Hand. Gehen auf dem Laufsteg immer weiter vor; setzen sich vorn ans Pfahlwerk hin – : und auf einmal seh' ich doch, wie der Mann das Köfferchen in's Wasser gleiten läßt !«. – »Den Koffer ?« fragte Frau verw. Dr. Waring verständnislos; und auch der Apotheker schüttelte entrüstet ob solcher Verschwendung die Bakken.

»Ich zählte natürlich sogleich den Pfahl ab, wo das passiert war. Die Beiden hatten sich unterdes wieder aufgerafft, und waren landeinwärts geschlendert; ich sah das Rot des Pullovers hinter dichteren Hecken, in Richtung Gasthaus, verschwinden. Dann bestieg ich mit Hagemann unsern Kahn, und wir stakten hin. Erst als wir am Bollwerk festmachten, kamen mir Zweifel : was mich das überhaupt anginge ?« (»Kweit-reit« schnarchte der Hauptmann abfällig. »Menschenpflicht« hörte ich Dettmer, neben mir – aber das sagte ich wohl schon ? – probieren : so wie er das aussprach, hörte es sich direkt nach was an.)

»Aber wir waren nun einmal da, und ich dirigierte Hagemann in's Wasser – der See ist ja so flach, daß man quer hindurch waten kann : Brusthöhe.« (Ich mußte unwillkürlich zu Emmeline, der Primanernichte, hinüber sehen; warum weiß ich nicht. Stürenburg lächelte fein, und fuhr fort) : »Aber da waren wir nun einmal ! Er tastete eine Zeitlang mit den Zehen, und hatte dann das Gesuchte gefunden, fuhr mit dem Fuß in den Griff, wollte diesen an die Hand weiter geben und moquirte sich sofort über ‹das Gewicht›. Nun moquirt Hagemann sich bekanntlich über Alles; ich hörte also gar nicht weiter hin; worauf er, immer maulend, das Dings auf die Ruderbank packt : tatsächlich neigt sich doch der Kahn sofort zur Seite.« Dettmer nickte, als hätte er das gar nicht anders erwartet; der Hauptmann lächelte rechts über dergleichen Zivilistereien; ich erlaubte mir, auch Emmeline 1 Zigarette anzubieten, (was aber von der Tante mit einem Gesicht abgelehnt wurde, als hätte ich einen direkten Verführungsversuch unternommen); Stürenburg beobachtete uns belustigter, wurde aber ungewöhnlich schnell wieder ernst, seufzte ein bißchen, und fuhr stirnrunzelnd fort

: »Die Schlösser schnappten mühelos auf. Ich hebe den Deckel und sehe – was ? – « er beugte sich impressiv vor – : »In Decken gewickelt, schneeweiß, ein Kindergesicht ! Mit breiten bläulichen Flecken; 1 Wasserlilie auf der atem= losen Brust.« Erst jetzt konnte die Tante : »Emmeline, Du badest hier nicht mehr!« rufen; und: »Hol' doch bitte noch einmal heißes Wasser aus der Küche. – Sie darf doch ? !« wandte sie sich mit vernichtender Freundlichkeit an Stürenburg, der überrascht einwilligte.

: »Ich schlage entsetzt den Deckel wieder zu –« (Dieskau schniefte verächtlich, nach Reckenart, ‹entsetzt wegen *1* Leiche ? Oh, diese Schlipsträger !›) – »Hagemann läßt ihn, mit angeregt glitzernden Augen – obwohl, mir zu Gefallen, auch ein wenig zitternd vor Gruseln – wieder hinunter; und wir verlassen eilig die Stelle. Mit jagenden Gedanken ‹WAS TUN ? !› – : was hätten Sie getan ?«

»Sofort Meldung : an die Sittenpolizei !« hauchte Frau Dr. Waring indigniert. »Mord –« flüsterte Dettmer, angenehm ergriffen. Der Hauptmann zuckte vorurteilsfrei die Achseln. (Ich war der Feigste; ich tat, als kratzte ich mich nachdenklich an der Backe.)

»‹Meldung an die Polizei›; das dachte ich damals leider auch,« sagte Stürenburg trübe; beschwichtigte die Tante, die ob des ‹leider› hoch wollte; besah seine Zigarrenglut, und berichtete mürrisch weiter : »Am nächsten Morgen fuhr ich erst mit dem Motorrad nach Hude : richtig; dort wohnten sie; bei einem Bauern allerdings. Ich traf das saubere Paar auch unschwer im Dorf an; Er, groß, schlacksig, rote Haare & Sommersprossen genug; Sie schneeweiß & knochenlos dünn, mit schwarzen Ponyhaaren und Augen. ‹Ein Künstler› kriegte Hagemann unterdessen raus.« Schon blähte die Tante pharisäern die Nase und breitete die Hände; »BOHÈME« fiel ihr ein.

»Der Kriminalkommissar aus Diepholz kam gleich mit. Wir stellten sie. : ‹Haben Sie uns nichts zu sagen ?›. – Sie wurden sichtlich unruhig; schwiegen jedoch verstockt. Als wir uns dem Seeufer näherten, ließ er das Gesicht blasser hängen; sie klammerte sich an seinen Arm, und ich hörte sie flüstern : ‹. . . nich lieber beichtn ?› – Als der Koffer auf dem Steg lag, schnappte er nach Geständnissen. Aber schon hatte der Beamte geöffnet : jetzt, bei Morgenlicht & feinem Nebel wirkte der Inhalt *noch* fataler !« Eben kam Emmeline mit dem heißen Wasser zurück : »*Noch* heißer !« befahl die Tante verzweifelt; und Jene mußte, maulend, wieder davon. : »Bitte, rascher, Herr Rat !« keuchte die Witwe erschöpft.

»Wir faßten, angeekelt, die Kanten der Decke, in die das Unglückswurm gewickelt war – schwer wie Stein lag es in unsern Händen –« er drückte die kostbare Zigarre aus, er knirschte ärgerlich : »ach, was soll ich lange drum=rum reden : so war es auch ! Der Kerl, er war Bildhauer, hatte ‹auf Vorrat› ein ‹schlafendes Kind› zusammengepfuscht, und es in den See versenkt, damit der Stein eine grün-lich=antike Färbung annehmen, und ‹mehr bringen› sollte. Ein Kollege hätte ihm den Trick verraten : das machten Viele so.« Er warf sich, noch heute seltsam wütend, in den Sessel zurück;

während wir uns unwillkürlich den hiesigen Seegrund vorstellen mußten : über & über bedeckt mit modernen Statuen, ja Plastiken, die dort teuer bezahlte Patina ansetzen sollten, hm hm. Stürenburg erhob sich, und forderte uns mit einer ungeduldigen Handbewegung zum Mitkommen auf. –

Hinterm Haus, im Schuppen, dicht neben Hagemanns Fahrrad, lag, auf Kisten, 1 verstaubtes fuchsrotes Köfferchen – : »Bitte.« Dieskau, zähnefletschenden Mutes, öffnete : in braunkarierten Deckenresten lag ein sinnig lächelndes, schlafendes Kind. »Ich hab' ihm das Dings abgekauft,« bekannte Stürenburg giftig; »für teures Geld. Um Aufsehen zu vermeiden.« Tcha, verständlich; sicher, ‹der beste Weg›. Auch Apotheker Dettmer beugte sich ergriffen darüber; hob jedoch, plötzlich erleuchtet, den vollen Kopf : »Das ist aber gar keine Wasserlilie, Herr Rat –« wußte er von der, entschieden zu groß geratenen Blume : »das ist der gewöhnliche Teichschwertel, IRIS PSEUDACORUS. Ich weiß es bestimmt : die Wurzel ist offizinell.« »HErrgott von Bentheim; auch das noch !«, fluchte Stürenburg.

Stille.

Dann erkundigte Dettmer sich verlegen : »Warum sagt man eigentlich immer ‹von Bentheim› ?«. Wir sahen einander an. Wir wußten es nicht.

ZU ÄHNLICH.

»Och, Geschichten weiß der Herr Rat : Der könnt' die Vögel von'n Bäumen locken !«, und sah mich dazu, sehr von unten her, aus glitzernden Altersaugen an. »Ja ja gewiß, Hagemann, « sagte ich diplomatisch : »ob sie aber auch alle wahr sind ?«. Er warf sofort die Arme (mit den immer noch mächtigen Fäusten daran) in die Luft. »Wieso denn nich ? !« nieselte er empört : »Was hier im Lauf der Jahre alles passiert iss ! – Und dann die viel'n Ins=trumente : Ogottogott, wenn ich nich so'n festen Kopf hätte --«. Er entfernte sich, unglaublich murmelnd; und ich begab mich unbefriedigt wieder zur Terrasse zurück, wo man mich schon erwartete.

Vermessungsrat a.D. Stürenburg erklärte eben dem Hauptmann, daß man auch als Laie durchaus noch bessere Karten einer Gegend, als die allgemein für das non plus ultra angesehenen ‹Meßtischblätter› erwerben könne : »Jedes Katasteramt verkauft Ihnen anstandslos für – 6 Mark sind's, glaub' ich, zur Zeit – die sogenannten ‹Plankarten›, im Maßstab 1:5.000, die ebenfalls die gesamte Topografie enthalten. Da haben Sie dann genau jedes einzelne Gebäudlein eingezeichnet; Wohnhäuser von Schuppen durch die Schraffierung unterschieden; Straßennamen; Alles : sehr zu empfehlen.« Er nickte fachmännisch, und kerbte mit einem silbernen Spezialmesserchen seine Zigarre vorne ein. »Natürlich gibt es auch *noch* großmaßstäblichere Pläne; in Verbindung mit dem ‹Grundbuch›; sie werden, falls Zeit dazu sein sollte, laufend ergänzt – ich kenne das –« er wiegte den mächtigen Kopf und stöhnte vor Erinnerungen.

Vom See her wogte träge ein Wind= – naja ‹stoß› konnte man's eben nicht nennen, dazu war das Luftmeer heut zu guter Laune : es spülte flüssigkeitshaft lau über unsre Hände & entblößte Unterarme. »Ideal für die Ernte« bemerkte Apotheker Dettmer wichtig; und Frau Dr. Waring bestätigte gutsherrschaftlich (obwohl auch sie den Teufel etwas davon verstand); Emmeline dehnte verstohlen die badelustigen Beine (1 davon zu mir her ?), und während sie noch schlau an mir vorüber sah, hob Stürenburg bereits an.

: »Sie wissen ja, daß ich vor 25 Jahren, im ‹Dritten Reich›, vorzeitig pensioniert wurde – ich komme darauf, weil es mit den eben erwähnten großmaßstäblichen Grundstückskarten zusammenhängt. Ich hatte damals einige Katasterämter westlich der Ems unter mir, und war eben im Auto auf dem Wege nach Meppen, als ich doch nahe einer, stattlich im hübschen Grüngrundstück liegenden Villa ein paar Landmesser bei der Arbeit sehe : Einer hat das Stativ aufgebaut; zwei Gehülfen stehen malerisch auf rotweiße Latten gelehnt – wie das ja Jeder kennt. Dabei war doch, meines Wissens, im Augenblick hier gar nichts ...... Ich lasse jedenfalls Hagemann halten; steige aus, und gebe mich dem Mann am Fernrohr zu erkennen. Der sieht überhaupt nicht hoch, sagt nur scharf : ‹Fahr'n Sie weiter !›. Nun wurde mir dieses zu dick : ich war ja schließlich sein übernächsthöherer Vorgesetzter ! Außerdem hätte es jegliches alte ehrliche Geodätenherz empört, wie das Fernrohr des Kerls irgendwohin mitten in die Villa zeigte. Auf meine diesbezügliche Beanstandung hin sagte er, drohender : ‹Gehen Sie sofort Ihres Weges !›; hob auch den Kopf –: ich hatte das Gesicht noch nie gesehen, wo ich doch meine sämtlichen Beamten in=& auswendig kannte ! Jetzt wurde mir die Sache verdächtig; zumindest lag ja ‹Anmaßung von Dienstbefugnissen› vor; ich forderte ihn also auf, in meinen Wagen zu steigen und mir zur nächsten Polizeidienststelle zu folgen. Sein ohnedies brutales Gesicht verstellte sich noch mehr. Er machte sich klein zum Angriff & pfiff seine Komplizen herbei : die packten mich, und hätten mich in mein Auto gestopft, wenn nicht Hagemann eingegriffen hätte. Er warf, strategisch völlig richtig, zuerst den Rädelsführer kopfüber in den ungewöhnlich tiefen Straßengraben – Moorboden, Sie wissen ja. Dann kam er mir zu Hülfe. Die beiden Verbleibenden bildeten sich, glücklich für uns, ein, sie müßten ihre Latten auf Hagemanns Kopf zerschlagen – und von dem Augenblick an war unser Sieg entschieden. Durch all ihr Faustschlagen, Stoßen & Zähnefletschen hindurch drang Hagemanns Haupt, Schild und Angriffswaffe zugleich, unwiderstehlich vor; schon verlor der Eine stückweise Jacke & Hemd, während ich dem Andern die Nase öffnete. Unterdes tauchte aus dem Graben das, itzt struppige, Antlitz des Anführers. Er rief seinen Leuten 1 Kommando zu; worauf sie sich sofort zurückzogen, sich auf 3, im Gebüsch versteckte, Mororräder warfen, und davon stanken.«

Der Hauptmann hatte interessiert der Schilderung des Gefechtes gelauscht, nahm jetzt einen sehr großen Kognak, und Stürenburg fuhr fort : »Mein erstes war, durch das so geheimnisvoll gerichtete Fernrohr zu visieren – : es zeigte mitten auf jene Haustür ! Ich ging hin, und läutete den Besitzer heraus. Ein langer dürrer Mann, aschgrau vor Angst im Gesicht. Nachdem ich ihn informiert hatte, zog er mich flehend in die Tür, verriegelte hinter uns, und berichtete nun seinerseits kurz : Er sei Jude; und sein Haus würde seit 2 Tagen von verkleideter Gestapo bewacht, die nur darauf warteten, daß einer seiner längst gesuchten Verwandten sich zu ihm stähle : dann sollten sie Beide ‹abgeholt› werden ! Als er erfuhr, daß seine Wächter in die Flucht geschlagen seien, bat er mich – zitternd am ganzen Leibe, der arme Kerl; es ging ja auch buchstäblich ‹um sein Leben› ! – ob ich ihn nicht rasch im Auto zur nahen holländischen Grenze hin befördern könne ? Auf meine Einwilligung hin rannte er treppauf, und kam sofort mit dem, unverkennbar längst bereitgehaltenen ‹schnellen Köfferchen› zurück.«

Der Hauptmann – wohl nicht direkt ‹Antisemit›; aber immerhin erzogen, jedem, auch dem ephemer=doofsten, Gesetz zu gehorsamen – knurrte unbefriedigt; während der gutmütige Dettmer befriedigt & fleißig nickte.

»Ich also wie der baare Teufel die Straße nach Provinzialmoor runter gefahren. Er, neben mir, plappert unaufhörlich, krankhaft=nervös; zeigt auch verängstet nach einer fernen Vogelscheuche im Feld, (in einer Art, daß sogar ich mich verblüfft hinbog), hat unruhige Hände – ist ja wohl begreiflich. Ich fahre energisch vor'm Schlagbaum vor. Er lächelt, herzbrechend tapfer, zum Abschied. Geht hin, zeigt was – und kommt durch : nie werd' ich vergessen, wie er dann da im Holländischen stand, und beide Arme ekstatisch hoch stieß ! – Ich rollte nachdenklich wieder durchs Flachland zurück, und der Motor scharchte. Während ich noch in Meppen mit dem Leiter des dortigen Katasteramtes kopfschüttelnd den raren Fall besprach, wurde plötzlich die Straße voller Motorengeräusch; 4 schwarzen Limousinen entstiegen gut 20 SS=Männer und umstellten die Ein= beziehungsweise Ausgänge : ich mußte mit ! – Ja, n'türlich; Hagemann auch. – Bei der anschließenden Vernehmung galt als besonders ‹gravierend›, daß ich, als Beamter, meinen Führerschein nicht bei mir hatte, (was mir übrigens das erste Mal in meinem Leben passiert war !); jedoch wurden wir ein paar Tage später wieder entlassen, da unsere relative Unschuld an der Prügelszene nachzuweisen war, (und von meiner Beihülfe zur Flucht jenes Unseligen schien man gottlob nichts zu ahnen). Immerhin wurde ich bald darauf durch eine ‹Verfügung› meines Amtes erst vorübergehend ‹enthoben›; später sogar gänzlich pensioniert : keine Bemühung meiner Vorgesetzten hat etwas ausrichten können.« Er wölbte die breiten Augenbrauen, und fluchte bei der Erinnerung noch heut durch die Nase.

»Das für mich niederschlagendste war noch, daß ich in jenen Tagen zusätzlich die Zeitungsanzeige vom Tode des betreffenden jüdischen Arztes in den Blättern lesen mußte ! Da ich ja nichts mehr zu tun hatte, kaufte ich 1 Kranz, fuhr hin, und legte ihn am – noch offenen – Sarg nieder : er war in seiner eigenen Villa aufgebahrt, lang & dürr; man hatte ihm also die Häscher auch über die Grenze noch nachgeschickt.«

Von Dettmer und der Tante kam je 1 gerührtes »Tz !« Der Hauptmann trank ehern; und Emmeline streifte sich, zappelig, den Rock höher, (allem Anschein nach hätte sie ihn am liebsten über den Kopf ziehen & ins Wasser springen mögen !); aber noch lutschte Stürenburg unerbittlich an seiner Havanna : »Merkwürdig war nur, daß ich 14 Tage später aus England einen eingeschriebenen Brief erhielt : darin ein begeistertes Dankschreiben meines Arztes – und mein Führerschein ! Er hätte sich keinen anderen Rat gewußt, beichtete er, als ihn, während unserer Fahrt, aus dem Fach unterm Schaltbrett zu expropriieren : mit ihm sei er anstandslos durch den Schlagbaum gelassen worden. Es stimmte auch; denn er hat mir immer wieder einmal, und dankbar, geschrieben : zur Zeit lebt er in den USA, und will nächstes Jahr auf Besuch kommen.«

»Ja=aber –« wandte der Apotheker betroffen ein – : »ich denk', Sie haben ihn damals im Sarge liegen sehen !«; und auch wir Andern blickten verwirrt Uns und dann wieder ihn, an. Stürenburg zuckte nur die untersetzten Achseln : »Was weiß ich von Geheimpolizeien ?« sagte er abweisend.; »Vielleicht hat der SS=Führer – der ja wohl auch, wie damals gern üblich, ‹mit seinem Kopf› für den Erfolg seines Auftrages einstehen mußte – seinen ganzen Sturmbann antreten lassen. : Vielleicht hat ihm Einer zu ähnlich gesehen . . . . . ?«. Er breitete die Hände und stand gewichtig auf.

»Ja aber –« schnarrte der Hauptmann betroffen. »Ja aber –« sagte die Tante unzufrieden. »Ja aber –« dachten auch der Apotheker & ich uns in die überraschten Gesichter. Nur Emmeline schien mit dem Ausgang der Geschichte sehr zufrieden; (vielleicht nur, weil sie überhaupt zu Ende war).

SCHWARZE HAARE.

Eben hatte Hauptmann von Dieskau die sehr angenehme Geschichte von der Pest zu Aleppo beendet : wie sie damals abends waggonweise die Toten in die der Einfachheit halber ständig offen stehenden Massengräber zu schütten pflegten – worauf dann regelmäßig gegen Morgen ein Dutzend Pestleichen, die noch nicht ganz tot gewesen waren, wieder an der Tür ihrer Verwandten um Einlaß kratzten. »Ohmeingott ! « rief Frau Dr. Waring erschöpft=angeekelt aus; und Apotheker Dettmer zog vorsichtshalber die Beine unter den Stuhl, vom Teppich weg, auf dem sich vom Kaminfeuer her Schattenrümpfe und rotgeschwollene Lichtglieder wanden.

Betroffen ob dieses unerwarteten Mißerfolges versuchte der Hauptmann es mit einem schnarrenden Hymnus auf die erhebende Öde und die seltsam engen Horizonte der Wüste, die man nirgendwo sonst wieder anträfe. »Außer vielleicht zur See« sagte Frau Doktor spitz (ihr Mann war Schiffsarzt gewesen); und da der Hauptmann geschlagen verstummte, erkundigte sich der stets bildungsdurstige Apotheker : »Wie weit kann man eigentlich im Allgemeinen so sehen, Herr Rat ? ich meine : die Erde einmal als glatte Kugel vorausgesetzt.« Obwohl sich Stürenburgs Mund bei dem Wort ‹Kugel› leidend gefaltet hatte, versetzte er freundlich : »Nichts leichter als das, Herr Dettmer : Sie ziehen die Wurzel aus Ihrer Höhe in Metern; und nehmen sie mit 3,5 mal.« Als er das Zögern der Witwe bemerkte, gab er gefällig gleich noch ein Beispiel : »Gesetzt, Sie befinden sich 100 Meter hoch; die Wurzel daraus ist 10 : also können sie 3,5 mal 10 gleich 35 Kilometer weit im Umkreis sehen – annähernd natürlich; im Einzelnen schwankt das etwas.« »Merk Dir das, Emmeline« sagte Frau Dr. Waring scharf zu ihrer Nichte : »Das kannst Du nächsten Ostern vielleicht beim Abitur brauchen !« Stürenburg, stets Kavalier, ersparte der jungen Dame jede Stellungnahme, und fuhr siegesgewiß fort :

»Und was Ihre gerühmte Wüstenöde anbetrifft, Herr Hauptmann, : warum in die Ferne schweifen ? Es ist gar nicht so lange her – in meiner Kindheit haben es mir Augenzeugen noch selbst erzählt ! – da konnte unsere Lüneburger Heide es mit jeder Einöde aufnehmen. Das war in manchen Fällen unschätzbar; als z.B. 1831 die große Choleraepidemie – der nebenbei Männer wie Hegel oder Gneisenau zum Opfer fielen – von Osten nach Westen über Europa wanderte, da machte die Seuche mangels Verbreitungsmöglichkeit an der Ostgrenze der Heide halt.«

Der Apotheker streckte beruhigt die Beine wieder aus; Emmeline schüttelte mir, der ich hinter ihr saß, kokett den verführerischen Pferdeschwanz hin; Stürenburg, dessen Vermesserauge selbst heute noch nichts entging, notierte amüsiert auch dies, und er kam zum eigentlichen Thema :

»So verwirrend einförmig, ohne alle Landmarken, – die Aufforstungen sind ja erst viel später erfolgt – sah es zur Franzosenzeit, um 1810, da aus, daß der Gouverneur, der berühmte Marschall Davout, endlose Stangenreihen einschlagen ließ, um den Nachschubtransporten den rechten Weg anzuweisen.

Nun blühte bekanntlich zu dieser Zeit der Kontinentalsperre das Schmugglerwesen; und die verwegensten solcher Burschen wandten zuweilen die Methode an, diese Wegemarkierungen umzusetzen. Also die zum Teil wertvollen Transporte in abseitige Einöden zu leiten, dort zu überfallen und auszuplündern.« Der Hauptmann, der beim Namen Davout ein haßvolles Knurren von sich gegeben hatte, lächelte anerkennend; der Apotheker, mehr geschult, Wunden zu heilen, als zu schlagen, sah unbehaglich drein; und Stürenburg fuhr fort:

»Es war im Spätherbst des Jahres 1811 – am 24. Oktober genau – als so eine tollköpfige Schmugglerbande den Trick wieder einmal angewendet hatte. Von der gewöhnlichen Soltauer Straße hatte man den französischen Geldtransport nach links in ein Gewirr von Mooren, Wiesen und Buschwerk abgeleitet; und dann, bei Einbruch der Nacht, nordwestlich von Schneverdingen, angegriffen. Diesmal allerdings waren die Franzosen stärker und besser bewaffnet, als man angenommen hatte; es entspann sich ein ziemlich hartnäckiges

Feuergefecht, in dem es auf beiden Seiten Tote und Verwundete gab. Das dauerte so lange, bis die ernüchterten Schmuggler und nicht minder die Franzosen sich nach entgegengesetzten Richtungen zurückzuziehen begannen; die einen nach Westen in ihre pfadlosen Moorverstecke; die anderen, mühsam nach Kompaß, in Richtung Hamburg, wo damals der Regierungssitz der sogenannten ‹Hanseatischen Departements› sich befand. Die Bewohner der umliegenden Dörfer, nicht wenig erschreckt durch das hartnäckige Schießen, hatten zitternd das Deckbett dichter um den Kopf gezogen und sich nicht gerührt; entschlossen, es mit keiner der Parteien zu verderben. Als ein resolutes Mädchen erklärte : es sei doch ganz einfach Menschenpflicht, den Ort des Treffens abzusuchen; die Toten christlich zu begraben, und die Verwundeten zu pflegen. Nach langem Widerstand ihres Vaters gelang es ihr, ein Bauerngespann zu erhalten; und von nur einem Knecht begleitet, fuhr sie tapfer an den Unglücksort. Tatsächlich brachte sie 4 Blessierte, 2 Deutsche und 2 Franzosen, mit heim; die Toten – ich weiß ihre Zahl nicht mehr genau; es waren jedoch wenige – blieben zunächst liegen. Sie verband die Unglücklichen eigenhändig; kochte ihnen entsprechendes Essen, und als am nächsten Tage der zuständige französische Gendarmerieleutnant Tourtelot von Nienburg eintraf – 3. Batl.; 34. Legion –«, fügte er für den fragenden Blick des Hauptmanns hinzu; »waren alle Verwundeten praktisch schon außer Gefahr, wenn auch noch nicht sämtlich transportfähig. Der Leutnant, ein hübscher schlanker Mensch, mit großer gebogener Nase und pechschwarzem Haar, äußerte noch in der Krankenstube seine Absicht, die Deutschen abzuführen, und strengster Bestrafung zu übergeben. Worauf das Mädchen vor ihn hin trat, und ihm, so hochdeutsch sie eben konnte, sagte : ‹Daraus wird nichts, Herr Leutnant ! Ich bitte zu bedenken, daß ich die armen Männer ja auch sämtlich hätte liegen lassen können; dann wären alle, auch Ihre Franzosen, jetzt schon steif und kalt. Geben Sie ein Leben fürs andere›. Der Leutnant, angenehm betroffen von dem großen blonden Mädchen vor ihm, erwiderte galant, daß es unverantwortlich wäre, die Verwundeten so guter Pflege zu entziehen; er werde sich eine Entscheidung vorbehalten, sich zunächst lediglich erlauben, ab und zu nach dem Wohlergehen seiner Landsleute zu sehen. Sprachs, schwang sich aufs Pferd, verschoß einige sehr schwarze Blicke, und ritt davon. Fräulein Schumann verstand den Wink; und als Leutnant Tourtelot schon am nächsten Tag seinen Krankenbesuch machte, fand er die beiden Deutschen nicht mehr; auch schien ihm ein halbstündiges Gespräch mit dem Mädchen völlig ausreichender Ersatz. Ich will mich beschränken, da wir alle ja diese Art von Unterhaltungen kennen – Fräulein Emmeline ausgenommen –« fügte er geschmeidig hinzu, »kurzum : Anfang 1812 fand die Hochzeit statt; in Eile, denn Leutnant Tourtelot mußte den großen Kaiser nach Rußland begleiten – von wo er nicht wiedergekehrt ist.«

Der Hauptmann knurrte national ob der ‹Völkischen Mischehe›; des Apothekers Gesicht drückte rundes Mitleid aus; auch Frau Dr. Waring bedauerte den Fall, forschte jedoch überlegen = ungläubig : »Das sind ja sehr interessante Anekdoten, Herr Rat : aber woher wissen Sie denn all diese Einzelheiten, schwarze Haare und so ? Das ist doch reine Erfindung !« Stürenburg erhob sich unverweilt, und kam nach wenigen Sekunden mit einem Porträt en miniature zurück : ein junger Offizier in der Uniform der Chasseurs à Cheval, große kurfürstlich gebogene Nase, schimmerndes schwarzes Haar. Während es von Hand zu Hand ging, fügte Stürenburg lässig hinzu : »Mein Großvater väterlicherseits; das Kind, das im Januar 1813 geboren wurde, war mein Vater, der, später vom zweiten Gatten meiner Großmutter adoptiert, dann den Namen Stürenburg erhielt : neinnein, Gnädige Frau ! Wenn ich sage : Wurzel aus h mal 3,5 : dann stimmt das !«

»Wurzel aus H« murmelte ehrerbietig der Apotheker. »Schwarze Haare« hauchte träumerisch, nur mir hörbar, Emmeline.

»Ja. Abscheulich !« –

So schlecht war das Wetter plötzlich geworden, daß wir uns, ablehnend=kopfschüttelnd, sogleich wieder in Richtung Kamin zu unseren Sesseln begaben. Der Flammenchor tanzte und sang (eine rotbäuchige Primadonna blähte sich kurfürstlich unter zugespitztem gefärbtem Blauhaar), dann brüllte aber schon wieder ein Windrüpel dazwischen, nach Motiven von Orff. Während draußen untröstlich=weiblich der Regen schluchzte – ‹Die Regin› wäre viel treffender : unsere Sprache ist schlecht und unüberzeugend durchkonstruiert ! : Sie schlug ihr Silberhaar lang über die Scheiben, oh, the Dead they cannot rise; und kam sogleich entsetzt wieder : and you'd better dry your eyes; and you'd best go look for a new love !

Vermessungsrat a. D. Stürenburg klatschte entschlossen in die Hände. Hagemann erschien grämelnd, und empfing die geflüsterte Anweisung. Wenige Minuten später sahen wir, wie er nahe=fern vorm Fenster eine mannshohe Fackel in die Gartenerde stieß, und sie nach einigen Fehlleistungen anzünden konnte : rot glomm die gehetzte Flamme und trüb in der Dämmerung (*sehr* aufmerksam : *der* Blutfleck hatte gerade noch gefehlt !).

Unverzüglich fiel Frau verw. Dr. Waring bei solcher Fleischfarbe ihr jüngster Zoobesuch ein : Raubtierfütterung, Bratwürstchenrestaurant (und auch der ‹Führer› fand sich noch in der Handtasche : 80 westdeutsche Bundespfennige hatte er gekostet, unglaublich !).

»Und ? – Aber es ist, wie ich ausdrücklich betonen möchte, eine hinterhältige Frage – : Welche Tiere haben Ihnen am besten gefallen ?« Aber die Damen waren von Apotheker Dettmer und Hauptmann von Dieskau begleitet gewesen, und fühlten sich in Anbetracht so zahlreicher Mitschuldiger relativ unangreifbar.

Von Dieskau ? : »Hyänen !« schnarrte er boshaft=aufrichtig: dann noch : »Geier : sehr nützlich auf Schlachtfeldern, ‹Türme des Schweigens›, so gut wie Sanitätspersonal, hähä.« Wir hoben im Chor die Brauen, und richteten die Augenpaare auf den nächsten ! ?

Der runde Apotheker Dettmer atmete erst einmal zaghaft; lächelte entschuldigend im Halbkreis, und faltete die netten Fingerspargel; nochmals bat seine Fußspitze um Entschuldigung (schon fing Dieskau an zu grunzen) : »Die Giraffen !« gestand er bärtchenhaft=errötend : »so schlank und gelenkig –« (seine Hände bildeten eine Hochgestalt in Richtung Zimmerdecke) : »und so – : so hellbraun !«

Fräulein Emmeline ? (»Sie sollten heiraten !« warf Dieskau noch brutal dem Apotheker zu). Bei ihr waren es die ‹Graziösen Flamingos› gewesen; worauf allgemeine Billigung=Mißbilligung erfolgte. Der unanständig biologische Fackelfleck draußen schwabbelte breit wie ein erweitertes Herz: unappetitlich !

Frau Dr. Waring ? Sie lächelte zugespitzten Mundes; das Gesicht unterm fahl vertuschten Gehaar zeigte erst die übliche Libration : »Die Elefanten ! : Was müssen die für eine Stärke haben !« Mein rechtes und Dieskaus linkes Auge begegneten sich kurz : ! (‹Stärke› : Anfangsechzigerin). –

Stürenburg hatte sie alle wohlwollend registriert, nil humani. In die Gesprächspause hinein bot Hagemann den Pic belegter Brote; Dieskau ließ Pfeffer und Salz regnen; warum aß Emmeline so viel Sardellenpaste? (Salacität?).

»No, Hagemann?« – Stürenburg hatte's kurz erklärt – : »Was ist das merkwürdigste Tier, das *Du* je gesehen hast? !«. Er stellte die Schwedenplatte merkwürdig lange ab (fast herausfordernd? Und ich öffnete begierig ein weißes Notizblatt meines Gedächtnisses).

»'ne Maus, Herr Rat : 'ne kleine, graue Maus.« So boshaft funkelten Hagemanns Heidjeräuglein, als er hinter unsern Halbkreis trat und erzählte (plattdeutsch: ich übersetze's, sorgfältig, als verläßlicher Chronist – mehr bin ich nicht).

»Das war damals, um 19 Hundert 4 –« er faltete sein Gesicht elefantig auseinander; die große Hand ans Kinn :« – oder 5?« (ausgezackt, die Handscheibe; fast *zu* glaubhaft). »Wir maßen damals gerade den ‹Oldenburger Kranz› nach, und suchten alte Vermarkungen« (»Äh=die hannoversche Vermessung, die seinerzeit Gauß durchgeführt hat« schaltete Sturenburg unruhig-erläuternd ein : das war ja äußerst interessant, diese Differenz heute zwischen Herr und Knecht !).

»Wir waren da mit einem guten Theodoliten mitten im Moor. Die Chronometer zeigten eben Mittag; und schon kam uns vorschriftsmäßig der Schlaf an. Die Brust von Herrn Rat ging auf und nieder« (seine Hände bewiesen gleich den Schlummertakt) :» – und ich wollte natürlich wachen.« (Wir nickten billigend; also ganz getreuer Eckart).

»Plötzlich s=tockte sein Atem. Anges=panntes Gesicht – : und mit einem Mal hüpft ein ganz kleines graues Mäuschen aus dem halbgeöffneten Munde ! Sieht sich mit funkelnden Äuglein im Grase um; schlüpft in die Kiefernschonung; ich folge natürlich, und behalte beide immer im Auge, den Herrn und das Tierchen.«

»Bald stand es stille; denn es kam an ein Rinnsal – so klein, daß jedes Kind es überschritteln konnte : für die Maus aber war es ein S=trom, breiter als, och, die Weser vielleicht. Lief ängstlich hin und her, bald links, bald rechts, ob sie nicht 'rüber springen könnte? Da nahm ich endlich die Meßlatte, und legte sie mitleidig so hin« (Er zeigte : ‹so !›) : »Die Maus schien erst erstaunt, trat dann aber sehr behutsam auf die rot=weiß gestreifte Bahn, und ging hinüber, worauf sie sich in einem Mooshümpelchen verlor : der Herr Rat lag noch wie tot zwischen den Bulten.«

»Also Hagemann ? !« rief Stürenburg betroffen : »Davon weiß ich ja noch gar nichts !«

»Die großen Herren wissen manches nich !« entgegnete der nur nieselig=patzig; fuhr auch schon fort : »Ich kriegte beinah' Angst; denn wer hätte mir solche Mausgeschichte wohl geglaubt ! – Da s=pringt auf einmal das kleine Wesen, die Äuglein noch heller glitzernd, aus den Stengeln hervor. Sieht sich kurz um. Setzt die netten Beine wieder prüfend auf unsere lackierte Skala, und wandelt behutsam bis zur Null : ich nehm gleich die Latte auf, und geh' hinterher. Das war fast unziemlich, wie das Getier dem Herrn im Gesicht 'rumhantierte; und ich überlegte schon, ob ich es nicht greifen und festhalten sollte ? – Aber ehe ich noch ein' Entschluß fassen konnte, war es schon wieder zum Munde hineins=patziert.« (»Also Hagemann ! !« rief Stürenburg protestierend; aber dem funkelten nur die Mausäuglein : weiter !)

»Kaum war die Maus drinnen, atmete die Brust wieder; ein Lächeln legte sich über's ganze Gesicht; und unmittelbar danach richtet der Herr sich auf, sieht sich um, schüttelt den Kopf, als wenn er die letzten Flocken eines Traums aus den Haaren schütteln will, und sagt zu mir : ‹Hagemann›, sagt er : ‹Setz' Dich neben mich; ich erzähl' Dir was› !«.

»‹Und zwar den allerseltsamsten Traum, der jemals ein Menschenhirn besucht hat. – Ich war kaum hier beim Grundlosen eingeschlafen –›« (»Ein kleiner See. Oder besser Teich.« schaltete Stürenburg hastig ein : geschieht ihm recht ! Und Hagemann nickte abgründig : jaja; s=timmt alles !) : »als mir dünkte, ich ginge von hier aus weit in den dicken Wald rein. Enorm hohes Gras, das bald über meinem Haupt zusammenschlug; und auf einmal hörte ich ein ungeheures Tosen, wie von großen Wassersfluten : ein breiter Strom, dessen jenseitiges Ufer ich kaum absehen konnte. Ich lief bald hier= bald dorthin; denn etwas

Unbeschreibliches trieb mich an, als wenn ich um jeden Preis hinüber gelangen müßte. Ängstlich spähte ich nach irgend einem Fahrzeuge; plötzlich aber erblickte ich eine breite, rot=weiß gestreifte Brücke – ohne Geländer, ohne Brustwehr – blendend und gleißend im Sonnenstrahl. Behutsam betrat ich die glatte Bahn, langsam vorschreitend, um nicht auszugleiten und zu stürzen in den mächtigen Waldstrom. Ich kam glücklich hinüber. Geriet nach langer Wanderung in einem hohen Wirrwalde plötzlich an eine schattige Höhle – und erblickte da – : ?«

Pause. Offene Münder um den zischelnden Flammenchor. Stürenburgs Mundwinkel hingen. (Aber geschieht ihm ganz recht ! Sonst hat er immer alles besser erlebt !). »Na, was war zu sehen ? !« schnarrte Dieskau, wütend vor Neugier.

»Einen mächtigen viereckigen Block aus gleißendem Gold !« (Langsam und feierlich) : »‹Ich nahm mir eindringlichst vor› – sagte der Herr – ‹mir die Merkmale genau einzuprägen, um die Stelle ja wieder zu finden; und verließ die moosigen Wölbungen. Ängstete mich, ob die Brücke noch daliegen würde. Dann noch ein allmählich in Grün und Pflanzengeleucht immer undeutlicher werdender Weg. – Und erwachte traurig : das alles nur ein Traum gewesen sei !›«

Hagemann sah sich triumphierend um. Hagemann präsentierte hinterhältig=gebückt noch einmal die Brötchenplatte. Murmelnd : »Ich führte Herrn Rat dann hin zu der Stelle – so mit Umwegen. Wir gruben da wohl nach – : *und* fanden die Messingplatte von'n Herrn Carl Friedrich Gauß.« Hämisch=bescheiden : »Das war das merkwürdigste Tier, was *ich* so gesehn hab'.«

»Also Hagemann : wir haben den Punkt doch durch Messung gefunden !« rief Stürenburg entrüstet; »das heißt – : an den Traum erinnere ich mich jetzt auch wieder ! – Aber das mit der Maus – : Hagemann, Du lügst ! Davon weiß ich ja noch gar nichts !«

Der Wind pfiff wie ein Torfschiffer. »Die großen Herren wissen manches nich« murmelte Hagemann. Ging hinaus; kam lauteren Schrittes wieder : »Hier iss die Messingplatte von'n alten T.P. : die die Maus gefunden hat.« Sie wurde wortlos von Hand zu Hand gereicht.

Ein feiner Regen fiel nachher. Die Fackel rötelte in der Dämmerung. Wir entfernten uns nach verschiedenen Richtungen.

DIE LANGE GRETE

»Als ich geboren wurde« sagte der Uralte, »war das nämlich noch ein Königsreich für sich hier.« Er zeigte einmal sehr langsam um seinen Rasensitz herum, bis zu der gesägten Kiefernborte am Horizont : »Da war Alles noch ganz anders --«; ich verstand mühelos : besser; und nickte ausdrucksvoll, um ihn bei Laune zu halten. »Damals gab es auch noch andere, als jetzt die glatt=gedrehten Dutzendmenschen –« er streckte mühsam die abgenutzten Beine und ordnete sie sorglich im Haidekraut »– und das hier wird wohl auch dazu gehören : ich sitze nämlich auf einem Grab, junger Mann !« Nun kann ich nichts schlechter vertragen, als dies junger Mann; ich bin immerhin in leidlichen Ehren 45 Jahre alt geworden, und wenn ich auch manchmal absurd jung aussehe . . . also kaute ich noch eine Weile an dem Brocken, während er schon bedächtig fortfuhr :

»Ich war noch ein Junge, als die Lange Grete das erste Mal hier erschien, inmitten ihrer kleinen Schafherde, und wir Kinder hätten darauf geschworen, die Tiere müßten verhexte Menschen sein, so klug und selbstbewußt pflegten sie zu handeln. Jedes hatte seinen eigenen Namen, auf den es hörte; sie unterhielt sich auch vernünftig mit ihnen; und zumal nachts gab es lange Diskurse, wer heut am dichtesten bei ihr liegen dürfe : sie kam nämlich nie in ein Haus, sondern schlief, gewärmt von den Tieren, im Gebüsch. Morgens, wenn sie aufstehen wollte, rief sie den großen alten Widder – Hermann hieß er, glaube ich – der kam heran, und neigte den mächtigen Schädel, worauf sie die Hörner ergriff, und er sie mit einem einfachen Anheben des Kopfes in die Höhe zog. Sobald sie die Tiere nur einen Augenblick allein ließ, fingen sie gleich an, aufs Kläglichste zu blöken; und wenn sie dann zurückkam, drängten sich alle herzu und rieben die Köpfe an ihrer Hand.«

»Sie war ja wohl schwachsinning; aber meist sehr gutmütig; und – im Gegensatz zu anderen ihres Schlages – gar nicht in Putz oder grelle Trachten verliebt : sie trug immer ihren alten niedergekrämpten Schäferhut; einen festen moorfarbigen Kittel, um die Schultern die Decke; in der Hand einen langen Stock, an dem sie auf seichtem Boden von Bult zu Bult sprang.«

»Ihre Geschichte erzählte sie Jedem, der sie danach fragte : sie war angeblich die Tochter eines wohlhabenden Bauern gewesen, und hatte sich in den Gutshirten verliebt. Der ehrgeizige, dazu jähzornige, Vater erschoß ihn während eines Wortwechsels; und er starb in Gretes Schoß; hinterließ ihr auch all seine Habseligkeiten – eben die Schafe und ihre Kleidung, die sie ohne Verzug anlegte, und das Vaterhaus verließ, um nie wieder dahin zurück zu kehren.«

»Eines Tages verlief sich der Leithammel Hermann auf eine fremde Wiese. Der mürrische Besitzer machte sogleich die Hunde los, die das arme Tier dann zu Tode hetzten : tagelang saß Grete neben dem Leichnam auf der Wiese; bis man sie endlich damit köderte, ein feierliches Begräbnis für ihn auszudenken, worauf sie auch mit großer Begeisterung einging. Wir Kinder waren alle dabei, und ich sehe noch wie heute den Sarg, der aus einer schwarz angestrichenen Kiste bestand, und die

Grasbüschel und Feldblumen, die sie darauf ausgelegt hatte. Sie formte dann mit den Händen einen richtigen Grabhügel, drückte die Soden fest, und pflanzte ein Gehege aus Weidenruten darum. Bis an ihr Ende kam sie mehrmals im Jahr her, und brachte den Platz in Ordnung.« –

»Im Winter zog sie sich wohl tiefer in die Forsten zurück; verschmähte aber, außer vielleicht bei schwerem Schneetreiben, jedes Obdach. Viele Bauern gaben ihr auch, wenn sie vorbei kam, freiwillig Heu für die Schafe, und Suppe in ihren Napf. Wenn man sie übermäßig neckte, konnte sie auch sehr böse werden, und wünschte dann den Leuten so Schlechtes an den Hals, daß man sie, seitdem einiges in Erfüllung gegangen war, lieber in Ruhe ließ.«

»Einmal, als sie durch einen Ort kam, quälten sie die Schuljungen derart, daß sie sich endlich keinen Rat mehr wußte, und in ihrer Not einen Stein nahm. Worauf die Schlingel mit großem Hallo ebenfalls zu werfen anfingen, schließlich zu Ziegeln griffen, und das arme hintersinnige Wesen buchstäblich zu Tode steinigten.« –

»Und das hier ist also das Grab der Langen Grete ?« fragte ich, nach einer angemessenen Pause.

»Das hier ? – : Oh nein.« erwiderte er nüchtern : »Hier liegt der Widder Hermann begraben. – Der Bauer, der ihn zu Tode hetzen ließ, hat sich natürlich 8 Tage später in seinem eigenen Brunnen ertränkt.« Er nickte würdig und billigend : Gerechtigkeit muß sein !

LUSTIG IST DAS ZIGEUNERLEBEN.

»Zwischen Geburt und Grab gibt es nur zwei Arten von Glückseligkeit, wozu der Mensch fähig ist : die eines Gewissens, welches kein Ärgernis gibt; und die eines Gewissens, welches kein Ärgernis nimmt !«

Er unterbrach sich, tat einen geschmeidigen Satz in die winzige Manege, und überreichte der Seiltänzerin der Truppe den bereitgehaltenen billigen Blumenstauß; sein rot und schwarz geflammtes Kleid unterbaute eindrucksvoll das alte kühne Gesicht; er riß ein paar volkstümliche Kalauer, kündete die nächste Nummer an, und trat gelassen wieder zu uns; die schwarzen Augenkerne glitten ihm rastlos im Gesicht herum, und ließen nichts aus : die Ringsumsilhouette der kleinen Stadt, die Klexographien der Bäume, das spießbürgerlich angeregte Publikum. Heute weiß ich, daß er ein Weiser und Misanthrop gewesen sein muß, der ein ruchloses Vergnügen daran fand, uns Kinder zu verwirren. Also erzählte er weiter von seiner Jugend unter Zigeunern :

»Ich blieb bei diesem sehr besonderen und wunderbaren Volk beinahe drei Jahre, und wurde in all ihre Bosheiten eingeweiht. Keine Fesseln konnten sie fest halten; keine Gefängnisse sie einsperren; weder Riegel noch Schlösser sicherten den Schatz des Begüterten vor ihnen. Durch Speisen oder Gerüche waren ihnen die Tiere unterwürfig : das wildeste Pferd mußte vor ihnen stehen; der grimmigste Bullenbeißer durfte sie nicht anbellen; alle Höfe, Gärten und Bleichplätze waren ihnen so offen, wie die freie Straße. Sie nahmen alle Gestalten und beinahe alle Größen an; sie wurden nach Belieben sichtbar und unsichtbar; für jede Verkleidung hatten sie ein verschiedenes Gesicht, so daß selbst ihre täglichen Gesellschafter sie nicht anders als durch verabredete Worte und Zeichen erkennen konnten. Auf solche Art regierten sie ohne Gewalttätigkeit oder erkennbaren Betrug, ohne Getümmel, Anklage oder Beschuldigung.«

Sein Blick strich einmal geschwind über uns Halbwüchsige hin, die wir gebannt seinen gesetzlosen Worten lauschten : er sprach fließender als unser alter stöckelbeiniger Lehrer.

»Gleichwohl« – er redete gelassen wie das Schicksal persönlich – »wurde zu meiner Zeit Einer ertappt, der eben einen braunroten jungen Hengst stahl. Man legte ihn in Eisen und bewachte ihn scharf.«

(Cornelia, die Tänzerin, hob hier das Bein fast wagerecht, und lenkte unsere Instinkte nicht unbeträchtlich ab; er duldete es einen verständnisvollen Augenblick lang, und fuhr dann zwingend fort) :

»Zuerst versuchten wir die Wache wegzuschrecken. Ein großer zusammengepappter Sarg wurde mit weißem Tuch bedeckt, und von vier feurigen Teufeln auf die Schultern genommen; Fackeln wurden angezündet, und in die rechte Hand genommen. Schallende Trompeten nebst anderen Instrumenten von durchdringendem Klang wurden an Vieler Mund gesetzt, und wir gingen mit unserem teuflischen Zuge los. Einige brüllten wie die Bullen, andere heulten und bellten als Hunde gegen den mitternächtlichen Mond : kurz, wir machten ein solches zusammengesetztes

Grauen, daß kein Menschenohr es ertragen konnte. Leider befanden sich unter den Wachposten ein guter Katholik und ein entschlossener Atheist, die unverzüglich auf uns loskrochen : wir tunkten also unsere Fackeln auf ein gegebenes Wort in den Teich, und sogleich wurde es überall wieder Nacht.«

(Wir stahlen in Gedanken den fetten Braunen des Ackerbürgers Weiner, wurden zwischen schwarzen weichen Wänden eingesperrt, und erwarteten hoffnungsvoll das Urteil : das Unrecht *mußte* ja siegen, wie ? !)

»Am Gerichtstage wurde der Dieb ohne weiteres für schuldig befunden; und die Geschworenen standen schon auf, als der Unglückliche noch einmal ums Wort bat. Unschuldig bin ich, wie ein Kind, rief er; und : man führe doch nur einmal das Pferd vor ! Der Richter willfahrte, und die Zeugen schwuren noch einmal in Gegenwart des Rosses, daß es eben der dreijährige Hengst sei, der ihnen fehle. Der Dieb bat, das Maul des Tieres von erfahrenen Fachleuten untersuchen zu lassen; sogleich traten drei oder vier bewährte Roßtäuscher herzu – die sofort stutzten, und im

Chor ausriefen : aber das Pferd ist mindestens fünfzehn Jahre; es hat gar keine Merkmale mehr im Maul ! Noch kläglicher begann der Missetäter wieder : könnten die Herren vielleicht noch nachsehen, ob dies Pferd überhaupt ein Hengst ist ? Es wurde unverzüglich ausgerichtet, und die Sachverständigen schrien einstimmig : eine Stute, Herr Richter, eine Stute ! Die Geschworenen sahen bestürzt zu Boden; die Zeugen schlichen sich in Scham und Verwirrung hinweg; und der Richter befahl unwillig, daß der Gefangene sogleich entlassen werde, und ihm die fragliche Stute als sein Eigentum mitgegeben werden sollte«.

Er sah uns triumphierend, wir ihn stumpf erwartungsvoll an, bereit an jede Art Zauberei zu glauben. Er fuhr mitleidig fort :

»Das Geheimnis war, daß einige unserer Brüderschaft sich ein anderes Tier fingen; man zog Scheren und andere Werkzeuge nebst Gläsern mit färbenden Essenzen hervor; zwanzig Hände fingen gleichzeitig an zu arbeiten – und in weniger denn fünf Minuten würde selbst der Eigentümer sein Pferd nicht mehr wiedererkannt haben. In der Nacht vor der Verurteilung erbrachen wir lautlos den Stall, und führten statt dcs Hengstes die ihm vollkommen ähnlich gemachte Stute hinein.«

Wir nickten, völlig überzeugt; die Musik tat den abschließenden Bums; wir liefen gebückt durch die holprigen Gäßchen nach Hause, und erbrachen in Gedanken manche Tür.

GESCHICHTE AUF DEM RÜCKEN ERZÄHLT.

Durchs Fenster sah man unten die Regenstraße, aus Teerflicken und Schwarzglaspfützen; oben das Himmelspolygon, hübsch klein. An der Seite das Totenlicht des Mondes; darunter die Morgue von steifen Wolken in fatalen Laken. Wir spitzten mißbilligend die Münder, und gingen sofort wieder in die Ofenecke zurück. Frau Doktor betrachtete mich nicht ohne Wohlwollen; stellte mir den Liegesessel noch peinlich=bequemer, so daß ich fast auf dem Rücken lag, ich, immer wieder von Flammenfexen angesprungen; sie selbst lehnte korrekt und rauchte.

Frau Doktor war Vierzig, unverheiratet, Studienrätin; und so gescheit, daß ich mit meinen ungeordneten mooskrausen Kenntnislein mir durchaus verdächtig vorkam. Heut hatte sie zudem noch das rote Kleid an, das mit den schwarzen Punkten; man sah die hagere interessante Figur; und es war mein Erzähltag, so daß ich trotz der intim kleinen Gesellschaft – wir waren, wie meistens, allein – wieder schrecklich verlegen war; it's puzzling work, talking is.

Also blieb nur Norwegen; und ich fing an von den drei Geologen, die ich dort einst im Dovrefjell getroffen hatte : die herrlichste Gesellschaft von der Welt; besonders für Geologen ! Ihre Art ist, bei jeder Klamotte anzuhalten, bei jeder Erdschicht Andeutungen zu machen. Sie zerschlagen alle Steine, angeblich um zu sehen, wie die Welt gemacht worden ist. Man zeige ihnen eine majestätische Felspyramide, und es ist bestenfalls ein Lakkolith; spricht man vom Gletschereis, so debattieren sie tiefsinnig, ob etwa Pfahlbauern darin eingefroren seien, mitsamt ihrem Torfspitz (hübscher Name das; ja).

Halbwegs zwischen Dombas und Jerkin brachte ein elender Steinblock, auf dem ich saß, die Herren ganz außer sich; ich mußte wahrhaftig aufstehen, und ihnen meinen Sitz zur Beute lassen : während sie ihn in Stücke schlugen, schlich sich meine Person still davon; semel in anno licet insanire.

Wenn ich also auch den Geologen selbst aus dem Wege gehe, liebe ich doch ihre Wissenschaft, zumal im Spätherbst; (Frau Doktor lauschte hinter einem Orionnebel von Zigarettenrauch; auch sonst hätte man ihre Augen nicht sehen können, denn sie trug natürlich eine Brille).

Nichts ist behaglicher, als bei einem drallen Feuer über die Bildung der Gebirgsmassen, die man im Sommer besucht hat, zu debattieren; über Vulkane, zertrümmerte Planeten, Petrefakten plaudern zu hören. Kommt man gar in die Paläontologie, so müssen mir gleich die Mammute und Gigantosaurier an den Tanz : man denke sich dergleichen Behemoth, wie er im Steinkohlenwalde hinspaziert, und seine Brut mit Elefanten füttert, etwa wie unsere heutigen Eidechsen die ihre mit Brummfliegen : es lebe das Malerische!

Mein Blick mäanderte verlegen im Zimmer herum. Den Nacken hätte ich ihr gern ausrasiert! (Ich schilderte noch kurz den großen Regen, in dem wir uns trennten : die Eccehomo=-Gestalten der Geologen, ganze Bäche rieselten ihnen von den Ellenbogen, Springbrunnen tanzten aus ihren Schuhen hervor; sie aktierten wie in der Sintflut Halbertrunkene, die der Arche nachschwimmen – und immer noch nach jedem Kieselstein blickend, nach jeder Verwerfung hinschielend !).

Frau Doktor erhob sich (sie war so groß wie ich, 1 Meter 80); zog die Asbach=Flasche aus ihrem Papprisma, und schob mir das grüne Stehaufmännchen (englisch tumbler) herüber: hatte ihr schon die Einleitung nicht gefallen, und ich sollte mehr Gas geben ?

Gehorsam trinken; der Wind pfiff weiter seine Zwölftonakkorde; und ich erzählte die Schmugglergeschichte von 1944 :

Vierzehn Pascher, jeder mit einem Sack besten schwedischen Schießpulvers beladen, waren des Weges gekommen. Der hinterste in der Reihe bemerkte, daß seine Last immer leichter wurde. Das tat ihm an sich sehr wohl; doch kam ihm bald der Verdacht, ob er solche Wohltat nicht auf Kosten seiner Pulverbürde genieße ? Leider ja : der Sack hatte ein Loch, und die Spur war unverkennbar in den Grenzschnee gezeichnet. Er schrie entsetzt sein ‹Halt !›; worauf zunächst jeder der Vorangehenden erst einmal die Last abwarf, und sich auf seinen Sack setzte, um einen Schnaps zu genehmigen.

Dem Letzten war indes ein sinnreicher Einfall gekommen : er ging zurück, soweit der Pulverstreifen reichte; berührte ihn am Ende mit seiner Zigarette, in der klugen Absicht, die verräterische Linie zu vertilgen. Drei Sekunden später hörte er einen seltsam vollen Donner, der durch den vielfachen Widerhall von den Bergwänden und das schwermütig=schöne Fortrollen durch die Täler ihm keine geringe Überraschung verursachte : den ganzen Lärm aber hatten die vierzehn Säcke gemacht, die, von der Zündung erreicht, in die Luft geflogen waren.

Pause. Der Wind stieß einen in Noten gar nicht wiederzugebenden spiritistisch=schwachen Entsetzensschrei aus. Allerdings : inklusive der vierzehn Widerstandskämpfer, die auf den Säcken einer wohlverdienten Ruhe hatten pflegen wollen. C'est la guerre. Pause. Die Zigarettenschachtel stand hinter mir. Sie erhob sich mit lindem Katzenschritt.

Über mich gebeugt (das heißt, zur Zigarettenschachtel natürlich !) : unübersehbar, riesenhaft war ihr Kleid; rote Wüste, mit schwarzen Felsstumpen. Auch das Gesicht schwebte endlos; die Brillengläser hingen wie zwei starre gefrorene Seen über mir (in deren Grund ich fantastisches Ungeheuer mich nicht bewegte). Immer noch. Ich legte unwillkürlich den Handhaken um ihren Hals; und der Trabant, Planetoid, o Du mein Satellit, stieß mit mir zusammen.

TODESSTRAFE BEI SONNENSCHEIN

Rasiert, mit frischgeschnittenem Haar, den Bauch vermittels eines besonders breiten Gürtels unauffällig zurückgedrängt, dazu in kurzen Abständen mit Alkohol und Bohnenkaffee gefüllt, immer hübsch abwechselnd – so kann man für drei Stunden schon noch den elastischen älteren Herrn mimen; den, von dem Endsechzigerinnen schmachten : »Also wie ein Jüngling !«

Dabei schmerzen einem die dürren Beinstöcke schon nach zehn Minuten vom feschen Übereinanderschlagen; aus dem prahlerisch geblähten Brustkorb möchte man endlich das stützende Luftresiduum herauslassen können; in Badehosen zeigt man sich am besten überhaupt nicht mehr. Also behielt ich Hemd und Tennishose an – daran konnte man wenigstens den Stoff bewundern – und für kühles Wetter lag der schwarze Pullover aus Shetlandwolle über der Stuhllehne : »Süüüß !« hatten alle

Damen bei seinem Anblick gestöhnt, und ich hatte lässig das Kinn vorgeschoben, als stünde ich habituell auf der Kommandobrücke des dazugehörigen Eisbrechers.

Der Seestrand lag in heißester Grauhitze; Bäume aus Rauch geblasen; das Dunsttrapez eines Daches; ein Gewitter vorauszusagen war nicht schwer. Noch aber saßen wir auf der Terrasse und löffelten Eis (über das ich mir, einer plötzlichen Eingebung folgend, Coca Cola gegossen hatte – so speist man in Venedig und andern großen Bädern ! – und neidisch bewundert wurde; am folgenden Tag stands schon auf der maschinengeschriebenen Speisekarte).

Erzählen ? Da die verwitwete Frau Geheimrat eben das Mirakel berichtet hatte, wie bei einem Großfeuer in Neuenkirchen das Exemplar von des seligen Arndt ‹Paradiesgärtlein› anschließend unversehrt im glimmenden Schutt aufgefunden worden war, steuerte ich diese Anekdote bei : In einem mecklenburgischen Dorf (flugs erfand ich Namen und Daten) hatte ein alter frommer Bauer seine Familie beim Gewitter zu sich in sein Stübchen versammelt. Schon zwei Bußlieder waren zu Ende gesungen; aber dem Alten wurde es immer unheimlicher in der engen Kammer. Er stürzte hinaus ins Freie – und wurde unverzüglich vom Blitz getroffen !

Die Oberprimanerin, nur zwei lange zimtfarbene Beine und ein schiefer Schopf, aus dem weiß=schwarz die Augen blinkten, (Gott, ist man alt !), röchelte auf, und sprang, ihr Gekicher zu verbergen, mitten in den See. Hinten wälzte der Wind die rumpelnden Wolkenfässer ein Stückchen höher.

Nun war Amtsgerichtsrat Schönermark an der Reihe, und wußte sich weiter keinen Rat, als einen ‹interessanten Fall› zu beginnen. Juristen können sich, wenn sie geschickt sind, durchaus mit der nötigen Aureole Asa Foetida umgeben; etwa wie Chirurgen : ein bißchen grausam, ein bißchen unanständig, und also furchtbar spannend. Gottlob unterbrach ihn die aufgeregte Witwe gleich nach dem Lustmord, und kam – ihm die Pointe unrettbar störend – sofort auf das beliebte Thema der Todesstrafe : soll man köpfen, soll man nicht ?

Da die Oberprimanerin, wassertropfig rundherum, wieder am Tisch Platz genommen hatte, spielte ich ein Trumpfas nach dem andern aus (das ist ein Vorteil langen Lebens : man hat schließlich schon über alles nachgedacht !).

»Tod, nein ! Aber es gibt eine Strafart, bereits im Altertum bekannt, durch die der Bösewicht unschädlich gemacht, und stärker von künftigen Verbrechen zurückgehalten wurde, als durch Ketten und Bande; ein Strafe, so abschreckend – vielleicht furchtbarer – als das Todesurteil; und dennoch, ich möchte sagen, natürlicher, humaner : weil sie nicht nur dem Sträfling zur Besserung Zeit gewährt, sondern den vormals Schädlichen sogar für die bürgerliche Gesellschaft nützlich machen kann.« Die Witwe spreizte angeregt den Vogelkopf; das Weibkind gaffte durchs Haargezottel; selbst Amtsgerichtsrat Schönermark blickte neugierig.

»Vielleicht werden Sie sich im ersten Augenblick entsetzen« bereitete ich, halb Lykurg, halb abgenützter Textilkaufmann, vor : »also kurz : man nehme groben Verbrechern statt des Lebens – das Augenlicht ! Statt der Todesstrafe die Blendung !« Und fuhr ungerührt durch entsetzt fuchtelnde Hände und von Worten gekrauste Gesichter fort :

»Kann der erblindete Sünder nicht sogar noch Lebensglück genießen – wie viele Tausende, die durch Geburt, Krankheit, Zufall, blind sind ? Kann er nicht Verkehr mit andern Menschen pflegen, ohne gefährlich zu werden ? Die Welt ist ihm zum Kerker verwandelt; ohne daß er, wie in enger Zelle, der gesunden Leibesbewegung verlustig wird – er kann Rad fahren : Tandem ! Er kann nützlichen Beschäftigungen zugeführt werden. Und ist kein Gegenstand der Furcht mehr, sondern nur noch des Mitleidens, wie jeder Verbrecher es sein sollte. Er kann nicht entrinnen; nie weiß er, wo ein Auge sein Tun bewacht.«

Der Wolkenvorhang, der Eiserne, schob sich ruckweise höher; die paar Segelboote entrannen entsetzt nach allen Seiten. Frau verwitwete Geheimrat kramte nach Gegengründen in ihrem Beutel; das lange Beinmädchen hatte den Kopf auf die Faust gepflanzt, und besah mich ungeniert : was diese alten Knakker so für Sorgen haben !

»Ich verabscheue die kalte, wohlüberlegte, gesetzliche Rache des Staates. Und im Falle eines Justizmordes : kann man dann auch dem unschuldig Verurteilten nicht mehr das Augenlicht wiedergeben, so würde den Ärmsten doch die Reue des Gerichts, die feierliche öffentliche Anerkennung seiner Unschuld, freuen; und der Rest seiner Tage durch Zubilligung eines reichlichen Lebensabends noch erträglich gemacht werden können.«

Leider heulte das Gewitter nun sehr schnell herauf; jeder beugte sich besorgt über seine Siebensachen; man versprach, nachzudenken.

VERSCHOBENE KONTINENTE.

Mancher mag es ja schön finden; aber ich konnte die widerliche Majestät der Alpenlinie nur mit Achselzucken betrachten : zu viel Stifter ! Auch die feinen Funken, die ab und zu in den blaugrünen Wänden aufleuchteten, versöhnten mich nicht : gebt mir Flachland, mit weiten Horizonten (hier steckt man ja wie in einer Tüte !); Kiefernwälder, süß und eintönig, Wacholder und Erica; und an der Seite muß der weiche staubige Sommerweg hinlaufen, damit man weiß, daß man in Norddeutschland ist. Ich hob vornehm die Brauen (graue Brauen, wußte ich), und schenkte mir lieber wieder vom Samos ein, ein Gemisch von Öl und Feuer, wie ich selten eines gekostet hatte.

Matinee bei Frau Ederer. Ihre fehlenden Zähne waren durch Elfenbeinstückchen, mangelnde Körperformen durch Schaumgummihügel ersetzt, das Plappermaul mit Karmin umstrichen : wir nickten uns zu; wir kannten uns seit dreißig Jahren.

Ich verstand mich also von selbst. Außerdem war da der Maler, der für sein Bild ‹Weiblicher Akt mit Bruchband und Brille› den letzten Preis erhalten hatte. Dann Fräulein Basse: eine bezaubernde Furchtsamkeit, die sie oftmals und listig zu erzeugen wußte, wenn wir Männer so gelehrt sprachen, verschönerte ihr Gesicht. Zwei Textilkaufleute waren wegen des Gatten da; die Einzigen, aus deren Mündern etwas Vernunftähnliches kam. Und dann eben noch der junge Geologe.

Nun sind Wissenschaftler durchaus eine Sache für sich. Ich persönlich habe mehr als genug vom Umgang mit Schriftstellern; schon da muß man wissen, daß Er in seiner Freizeit hannoversche Staatshandbücher sammelt, und für Sie ihre schwarzweißgelbbraunwasweißich getigerte Katze tabu ist (oder Er schwört auf Astrologie, Sie auf Thomas Mann; vita difficilis est). Der hier ließ uns nichts weniger als ruhig auf dem kurz geschorenen Rasen sitzen, sondern fing an mit der Kontinentaldrifttheorie: daß sich Grönland neuerdings schon wieder sechsunddreißig Meter entfernt habe (und Südamerika und Afrika paßten genau ineinander);

auch die Alpenauffaltung ginge laufend weiter: nach den neuesten Messungen näherte sich die Zugspitze pro Jahrhundert um diverse Meter der guten Stadt München.

Fräulein Basse schielte entzückend entsetzt zur nächsten Bergwand hinüber: war die nicht schon wieder ein Stückchen näher gekommen?! Die Textilfachleute erörterten verächtlich Kett= und Schußgarne; und Molly Ederer sah mich bittend an: das fehlte gerade noch, daß auch unter ihr alles wackelte und schwamm!

Ich strich als Präambel die Asche von meiner Zigarre, und begann:

»Das war damals, 1946 – also vor fünfundzwanzig Jahren – ich war Dolmetscher beim Polizeipräsidenten in Lüneburg, und Tag und Nacht auf den Beinen. Bald wollte Major Billingham eine Schießübung mit seinen Tommies abhalten; bald hatten DP's – ‹Displaced Persons›: Polen und dergleichen – einen einsamen Bauernhof überfallen, und ihrem grausamen Hunger ein paar Kühe geschlachtet. Schöne Zeit damals; wir waren alle jung und hager, vorurteilslos und gewetzt.

Der Polizeiinspektor, dem ich zugeteilt war, nahm mich vorsichtshalber auf jede Fahrt mit; und es war eben wieder ein halbes Jahr um : die deutsche Polizei hat nämlich, unter anderen Aufgaben, auch die, termingemäß alle halben Jahre das ‹Vorhandensein› sämtlicher, in ihrem Bezirke befindlichen TP's zu melden.«

»‹Trigonometrische Punkte›« erklärte angeregt der Geologe : »die Grundmarkierungen unsres geographischen Wissens.« Ich nickte ihm lobend zu, und fuhr träge fort (und kehrte die augenblickliche Landschaft einfach um; ist ja egal) :

»An einem windigen und kalten Herbstnachmittag kamen wir in Schwarmstedt an. Der Ortsvorsteher begleitete uns zum Zementstumpen, und hob an zu klagen, wie das Ding so grausam mitten im Fahrweg stünde; erst voriges Frühjahr seien zwei Radbrüche an der Stelle erfolgt : ob man den S-tein denn nicht etwas zur Seite rücken könnte ? –

Der Polizeioffizier, alter Soldat und an rasche Entscheidungen gewöhnt, überlegte kurz, und nickte dann vorurteilsfrei mit der Schirmmütze: er hatte das ‹Vorhandensein› zu melden, nichts weiter. Ergo erschienen aus der alrunischen Dämmerung vier schweigsame Niedersachsen mit Spaten; gruben den TP Nr. 1577 aus, und versetzten ihn drei Meter nach rechts, an den Wegrand : noch heute wird termingemäß das Vorhandensein des Steines gemeldet. – Seitdem mißtraue ich allen Theorien, wie dervorhin von Ihnen vorgetragenen Wegnerschen!«

Der Geologe schrie auf, händeringend; rief Helmert an, Wilhelm Jordan (oder so ähnlich; ich kenne die geodätischen Gottheiten nicht). Ich schilderte noch überzeugend den Nachtsturm, der sich gleich anschließend erhoben hatte, Wind, Blitz und Donner, als die gefällig=rächenden Werkzeuge des Himmels; trotzdem – die glitschenden Kontinente zogen nicht mehr.

Die Damen lächelten erleichtert; Mollys Knie dankte mir kurz, wie einst im Mai; die Textilfachleute hatten ohnehin nicht auf uns geachtet, sondern waren schon beim Sanforisieren. Nur der Geologe strich sich immer wieder das schüttere Haar rückwärts; dabei war er erst achtundzwanzig ! – Ich hob versonnen das Samosglas : Öl und Feuer; wo ist die Zeit hin, da wir noch Kontinente verschoben ? !

EDITORISCHE NOTIZ

Die Entstehungs- und Erstveröffentlichungsdaten der hier versammelten Texte können der nachfolgenden Liste entnommen werden; in Buchform sind die Kurzgeschichten ‹Ein Leben im Voraus›, ‹Das heulende Haus›, ‹Sommermeteor›, ‹Kleiner Krieg›, ‹Die Wasserlilie›, ‹Zu ähnlich›, ‹Schwarze Haare› und ‹Die Lange Grete› erstmals in dem Sammelband TROMMLER BEIM ZAREN (Stahlberg Verlag, Karlsruhe 1966) in der Abteilung ‹Stürenburg-Geschichten› erschienen. In der Reihenfolge dieser Geschichten folgt die vorliegende Sammlung mit einer Ausnahme dem Stahlberg-Band : Die aus unbekannten Gründen 1966 nicht aufgenommene Stürenburg-Geschichte ‹Kleine graue Maus› wurde vor die offensichtlich nicht zum Stürenburg-Kreis gehörende ‹Lange Grete› gesetzt. In der Textgestalt folgt diese Edition dem Band I,4 der BARGFELDER AUSGABE der Werke Arno Schmidts (Haffmans Verlag, Zürich 1988).

Mit der Ergänzung der ‹Stürenburg-Geschichten› durch die Texte ‹Lustig ist das Zigeunerleben› (im TROMMLER BEIM ZAREN aus unbekannten Gründen in der Abteilung ‹Aus der Inselstraße› erschienen), ‹Geschichte auf dem Rücken erzählt›, ‹Todesstrafe bei Sonnenschein› und ‹Verschobene Kontinente› sind in diesem Bändchen alle Kurzgeschichten Schmidts gesammelt, die dem von

Schmidt bereits 1953 formulierten Modell »Erzähler im lauschenden Hörerkreis« folgen:

»Unsere bisher gebräuchlichsten Prosaformen entstammen sämtlich spätestens dem 18. Jahrhundert (...). Kennzeichnend für sie alle ist, daß sie ausnahmslos als Nachbildung soziologischer Gepflogenheiten entwickelt wurden. Der Erzähler im lauschenden Hörerkreis war das Vorbild für Roman und Novelle. (...) Ich hebe ausdrücklich hervor, daß diese Formen keineswegs etwa »überholt« oder »veraltet« sind!« (BERECHNUNGEN I, §1; in ZWEITE ZÜRCHER KASSETTE, Haffmans Verlag, Zürich 1988, Bd. 4, S. 346)

Mit dem Ausprobieren des Erzähler-Modells im Rahmen seiner »Brotarbeiten« für Zeitungsfeuilletons aber hat Schmidt, der bis dahin ausschließlich neue, selbstentwickelte Prosaformen vorgestellt hatte, nicht nur in der Praxis vorgeführt, wie wenig »veraltet« die überkommenen *Formen* sind, er zeigt auch Möglichkeiten, tradierte *Inhalte* neu zu nutzen: Die von Stürenburg und den anderen Erzählern vorgeführten Geschichten scheint Schmidt (mit kleinen Änderungen, oft aber auch wörtlich) aus älteren Vorlagen übernommen zu haben. Gesichert ist dies bislang zwar erst für zumindest 3 Texte, doch die Tonart der übrigen läßt bei ihnen ähnliches erwarten: Der Erzählkern von ‹Ein Leben im Voraus› stammt aus Fouqués Autobiographie; der des ‹Sommermeteor› aus Schnabels ‹Insel Felsenburg›; der der ‹Kleinen grauen Maus› aus Tiecks ‹Vittoria Accorombona›. – Für weitere Quellenhinweise wäre die Arno Schmidt Stiftung dankbar.

B.R.

ENTSTEHUNGSDATEN UND ERSTVERÖFFENTLICHUNGEN

Ein Leben im Voraus (10.5.1955)
in ‹Hannoversche Presse›, 9. Juni 1956

Das heulende Haus (13.5.1955)
in ‹Hannoversche Presse›, 3. September 1955

Sommermeteor (6.5.1956)
in »Auf den Spuren der Zeit. Junge deutsche Prosa«, hrsg. von Rolf Schroers, München: List 1959

Kleiner Krieg (17.5.1955)
unter dem Titel »Bericht vom kleinen Krieg« in ‹Hannoversche Presse›, 27./28. Oktober 1956

Die Wasserlilie (11.5.1955; überarbeitet 19.6.1962)
unter dem Titel »Das Kind mit der Wasserlilie« in ‹Hannoversche Presse›, 23./24. März 1957

Zu ähnlich (12.5.1955; überarbeitet 19.6.1962)
in ‹Fuldaer Volkszeitung›, 14. Dezember 1956

Schwarze Haare (16.5.1955)
in ‹Hannoversche Presse›, 15./16. September 1956

Kleine graue Maus (24.5.1956)
unter dem Titel »Grosse Herren wissen manches nicht« in ‹Tagesspiegel›, Berlin, 19. Dezember 1956

Die Lange Grete (28.6.1955)
in ‹Kölner Stadt-Anzeiger›, 15. Mai 1956

Lustig ist das Zigeunerleben (1.7.1955)
in ‹Nürnberger Nachrichten›, 23. Juli 1955

Geschichte auf dem Rücken erzählt (2.2.1956)
in ‹Süddeutsche Zeitung›, 12. Mai 1956

Todesstrafe bei Sonnenschein (7.2.1956)
in ‹Neue Darmstädter Sezession› 24. März 1956

Verschobene Kontinente (27.2.1956)
in ‹Die Andere Zeitung›, 2. Oktober 1958

BARGFELDER AUSGABE
DER WERKE ARNO SCHMIDTs
IM HAFFMANS VERLAG

Werkgruppe I :
Romane, Erzählungen, Gedichte, Juvenilia

Band 1
Enthymesis / Leviathan / Gadir / Alexander / Brand's Haide / Schwarze Spiegel / Die Umsiedler / Aus dem Leben eines Fauns / Seelandschaft mit Pocahontas / Kosmas.

Band 2
Das steinerne Herz / Tina / Goethe / Die Gelehrtenrepublik.

Band 3
Kaff / Ländliche Erzählungen : Windmühlen, Der Sonn' entgegen . . ., Schwänze, Kühe in Halbtrauer, Großer Kain, Kundisches Geschirr, ‹Piporakemes !›, Die Wasserstraße, Die Abenteuer der Sylvesternacht, Caliban über Setebos.

Band 4
Kleinere Erzählungen / Gedichte / Juvenilia.

Werkgruppe II:
Dialoge

Band 1

MASSENBACH. Historische Revue / Siebzehn sind zuviel! / Nichts ist mir zu klein / Anachronismus als Vollendung / Samuel Christian Pape / Vom neuen Großmystiker / Herrn Schnabels Spur / Das schönere Europa / WIELAND oder die Prosaformen / DYA NA SORE / Die Meisterdiebe / KLOPSTOCK oder Verkenne dich selbst / Die Schreckensmänner.

Band 2

Der Bogen des Odysseus / Abu Kital / Der sanfte Unmensch / Krakatau / Herder / Vorspiel / Hundert Jahre / Belphegor / Die Kreisschlösser / Müller / ‹Funfzehn› / Der Waldbrand / Tom all alone's / Angria & Gondal / Das Geheimnis von Finnegans Wake

Jeder Band in 3 Ausführungen: Standardausgabe (Leinen); Studienausgabe (in broschierten Teilbänden); Vorzugsausgabe von 550 numerierten Exemplaren (Halbpergament).
Alle Bände mit editorischer Nachbemerkung und Variantenapparat.
Textredaktion: Wolfgang Schlüter.
Es besteht Pflichtfortsetzung für alle Bände je einer Werkgruppe.

EINZELEDITIONEN DER ARNO SCHMIDT STIFTUNG IM HAFFMANS VERLAG

Arbeitsexemplar von FINNEGANS WAKE by James Joyce

Das Faksimile des von Arno Schmidt mit verschiedenen Bunt- und Bleistift-Unterstreichungen, Randglossen und Kleinstübersetzungen versehenen Arbeitsexemplars von ‹Finnegans Wake›, dazu 24 Blätter mit Übersetzungsbeispielen, vergriffen

Arno Schmidts Wundertüte

Eine Sammlung fiktiver Briefe. Herausgegeben und mit einem Nachwort von Bernd Rauschenbach

Atheist ? : Allerdings !

Flugblatt

Briefe an Werner Steinberg

16 Briefe aus den Jahren 1954–1957

Der Briefwechsel mit Alfred Andersch

Alle erhaltenen Briefe, Briefentwürfe, Postkarten und Telegramme der gemeinsamen Korrespondenz 1952–1979

Der Briefwechsel mit Wilhelm Michels

Alle erhaltenen Briefe, Postkarten, Telegramme und Entwürfe der gemeinsamen Korrespondenz 1953–1970

. . . denn ‘wallflower’ heißt ›Goldlack‹

Drei Nachtprogramme 1966–1974

Deutsches Elend

13 Erklärungen zur Lage der Nationen. Aufsätze zu Kunst und Politik 1957–1963. Herausgegeben von Bernd Rauschenbach

Dichtergespräche im Elysium

Ein Jugendwerk aus dem Jahre 1940. Einmalige Ausgabe von 3000 numerierten Exemplaren: das Faksimile des handschriftlichen Originals, dazu als Beibuch die gesetzte Transkription mit einem Nachwort von Jan Philipp Reemtsma, vergriffen

Fioriturren und Pralltriller

Randbemerkungen zu ›Caliban über Setebos‹

Fouqué und einige seiner Zeitgenossen

Biographischer Versuch

Stürenburg-Geschichten

12 Erzählungen. Herausgegeben von Bernd Rauschenbach

In Sachen Arno Schmidt ./. Prozesse 1 und 2

Herausgegeben von Jan Philipp Reemtsma und Georg Eyring

Julia, oder die Gemälde

Scenen aus dem Novecento. Der letzte, Fragment gebliebene Dialogroman. Wiedergabe des 101 DIN A3 Seiten umfassenden Typoskripts mit einem editorischen Nachwort von Alice Schmidt und Jan Philipp Reemtsma

Das Leptothe=Herz

16 Erklärungen zur Lage der Literaturen. Literaturkritiken aus den Jahren 1948–1973. Herausgegeben von Bernd Rauschenbach

Eberhard Schlotter – Das zweite Programm

Folge von zehn Szenen zu einem Triptychon von Eberhard Schlotter. Mit Abbildungen des ‹Zweiten Programms› als Gemälde, als Radierung und zahlreichen Skizzen und Studien dazu

Griechisches Feuer

13 historische Skizzen. Herausgegeben von Bernd Rauschenbach

»Wu Hi?« Arno Schmidt in Görtlitz Lauban Greiffenberg
Materialien für eine Biographie. Herausgegeben von Jan Philipp Reemtsma und Bernd Rauschenbach. Mit zahlreichen Fotos, Karten, Skizzen und Dokumenten

Zürcher Kassette
Das erzählerische Werk in 8 Bänden, mit einem Beiheft ‹Zur Zürcher Kassette›, vergriffen

Zweite Zürcher Kassette
Das essayistische Werk zur deutschen Literatur in vier Bänden. Nachwort von Jan Philipp Reemtsma

Über Arno Schmidt I
Gesammelte Rezensionen von ‹Leviathan› 1949 bis zu ‹Julia› 1983. Herausgegeben von Hans-Michael Bock. Mitarbeit von Thomas Schreiber

Über Arno Schmidt II
Gesammelte Gesamtdarstellungen. Herausgegeben von Hans-Michael Bock und Thomas Schreiber

Altes und Neues von Arno Schmidt in jeder Nummer von
Der Rabe
Magazin für jede Art von Literatur. Herausgegeben von Gerd Haffmans und Thomas Bodmer. Dazu als Sondernummer:

Der Rabe 12 – Der Arno Schmidt Rabe
Herausgegeben von Jan Philipp Reemtsma und Bernd Rauschenbach

Der Rabe

Magazin für jede Art von Literatur –
üppig bebilderte Taschenbücher,
herausgegeben von Gerd Haffmans, Umschlagzeichnungen
von Friedrich Karl Waechter, F.W. Bernstein und Volker Kriegel

1 **Der Erste Rabe**
vergriffen

2 **Der 20er-Jahre Rabe**
vergriffen

3 **Der erste Ferien-Rabe**
vergriffen

4 **Der Neue-deutsche-Literatur-Rabe**
vergriffen

5 **Der philosophische Rabe**
vergriffen

6 **Der Lust-Rabe**
vergriffen

7 **Der zweite Ferien-Rabe**
herausgegeben von Thomas Bodmer, vergriffen

8 **Der neue Neue-deutsche Literatur-Rabe**

9 **Der klassische Rabe**

10 **Der Brief-Rabe**

11 **Der Reise-Rabe**

12 **Der Arno-Schmidt-Rabe**
herausgegeben von Jan Philipp Reemtsma und Bernd Rauschenbach

13 **Der Glücks-Rabe**
vergriffen

14 **Der Musik-Rabe**
herausgegeben von Thomas Bodmer, vergriffen

15 **Der dekadente Rabe**

16 **Der antike Rabe**

17 **Der postmoderne Rabe**

18 **Der kulinarische Rabe**
herausgegeben von Vincent Klink, Stephan Opitz und Joseph v. Westphalen

19 **Der Schopenhauer-Rabe**

20 **Der Kino-Rabe**

21 **Der Eifersuchts-, Ehebruch- und Leidenschafts-Rabe**
vergriffen

22 **Der politische Rabe**

23 **Der historische Rabe**

24 **Der Rausch-Rabe**
herauschgegeben von Bernd Rauschenbach

25 **Der Weiber-Rabe**
herausgegeben von Elsemarie Maletzke

26 **Der Kinder-Rabe**
herausgegeben von Nikolaus Heidelbach

500 **Der Jubel-Rabe**
vergriffen